큰　글
한국문학선집

오장환 시선집

# 붉은기

## 일러두기

1. 이해를 돕기 위하여 편집자 주를 달았다.
2. 이 책의 목차는 시 제목의 가나다순으로 배열하였다.
3. 월북 이후 북에서 발행된 시집 『붉은기』(소련기행시집, 1950년 5월 발행)를 수록하였다.

# 목 차

# 가거라 벗이여

―흑인병사 L.S.브라운에게

가거라 벗이여!
너의 고향에……

우리는 눈물로 손잡는 게 아니라
그대 내어친 발길
이 길을 똑바른 싸움의 길로 디디라.

아 우리의 수많은 재물
반가운 마음에 적시는 눈시울
어찌나
굳게 잡은 우리의 손
모든 것은 설움이 이끌은 것을……

가거라 벗이여!

너의 고향에!
지난날은 모두 다 조약돌모양 차버리고
거기도 설움만이 맞이할
너의 고향에

벗이여!
그러나 손잡은 우리의 보람
손잡은 이 마음이 기쁨으로 떨릴 때까지
우리는 제각기 차내버리자
—— 지난날이 달래주던 눈물의 달디 단 맛을……

# 가버리는 러시아

위대(偉大)한 승리자(勝利者) – 레닌주의(主義)의

으붓자식[1]인

우리는 아즉[2] 많은 것을 아지 못하고

새로운 노래를

할아버지, 할머니, 가르키든[3] 그대로

구틀[4]로만 부르는구나.


동무여! 동지여!

조국(祖國)에는 무어라 해야 옳을 파계(破戒)가 연닿

는 것인가

---

1) 의붓자식.
2) 아직.
3) 가르치던.
4) 구틀: 옛날 서부 경남 어른들이 아이가 잘 생기고 건강히 튼튼하면, '야, 구틀(그놈)이다'라고 했다.

13

무어라 해야 될 슬픔이
이처럼 뒤끓는 기쁨 속에도 숨어 있는가
결국은 그 때문이다
흐르는 괴침[5]을 찢어 던지며
공청(共靑)[6]의 꽁문이[7]를 쫓아가려고,
나도 벼르는 것은 –

슬픔을 붙안고 꽁문이를 빼는 사람들을
나는 타내지 못한다
늙은이는 대체 어디로

---

5) '고의춤(고의나 바지의 허리를 접어서 여민 사이)'의 방언.
6) 공산주의청년동맹(사회주의와 공산주의를 세우기 위해 일하는 청년들의 조 직체).
7) 꽁무니.

젊은이를 쫓아가야 하느냐
그들은,
아즉도 볏단에서 털리지 않은 벼알과 같이
씨나락8)이 될랴고9) 남은 것이다.

그리하야 나 자신(自身) –
늙은이도 아니고, 젊은이는 더욱 아닌,
이 운명(運命)은 시대(時代)를 위하여
거름이 될 뿐.
그러기 때문이다
카바레 – 에서 울리는 키 – 타 소리가
나에게

---

8) 볍씨.
9) 될려고.

달디 단 꿈을 풍기는 까닭은 -


사랑하는 끼-타여!
마음껏 울려라
집시-의 색시야, 아모[10] 거라도 좋으니
힘차게 울려라
애무(愛撫)도 평온(平穩)도 없었든 시절
저 재앙(災殃)된 세월을 잊을 것 같은
그러한 노래를 울리어 주렴아.


나는 싸베-트[11] 정권(政權)을 원망한다
벗나는[12] 청춘(靑春)을

---

10) 아무.
11) 소비에트

투쟁(鬪爭) 속에서 지내지 못한 나는
크나큰 치욕(恥辱)을 느낀다.


내가 본 것은 무엇이냐
그것은 싸홈13)이다
그리고 듣는 것은
노래가 아니라 포성(砲聲)이었다.
그러기 때문이다 누렇게 뜬 얼굴을 하여가지고
내가 거꾸러져 넘어질 때까지
이 지구(地球) 위를 줄다름친14) 것은—

---

12) 빛나는
13) 싸움
14) 줄달음친

그러나 나는 어쨌든
행복(幸福)하였다
크낙한[15] 폭풍 속에서 다시없는 인상(印象)을 얻었다
여풍(旅風)은 나의 운명을
황금꽃 수놓은 옷을 입혔다.

무엇을 숨기랴
나는 새 사람은 아니다
지난 해부터 나는
한편 다리밖에 없는 사내가 되었다
강철의 군대를 쫓아가려고
추석거리다 나가자빠져

---

15) 크나큰.

한편다리를 날린 것이다.


또 이런 사람들도 있다
그들은 나보다도 더욱 불행(不幸)하고
훨씬 더 무참하게 잊혀버리고 있다.
이러한 친구들은
키에 까불리는 쭉젱이[16]와 같이
멋모르는 사건의 거세인 물살에
섭쓸려[17] 버렸다.


나는 그들을 알고
그들을 보았다

---

16) 쭉정이
17) '섭슬리다(함께 섞여 휩쓸리다)'의 잘못.

눈은 늙은 소보다 슬푸고[18) 에미령하고[19)
인류(人類)의 평화(平和)로운 사업가운데
연못과 같이
그들의 피는 고여 넘쳤다.

누구냐 여기다 돌을 던지는 놈은
지독한 냄샐래 견딜 수가 없다.
그대로 두어라
그들은 이대로 죽어가는 것이다
가랑잎에 언친 티끌 모양
썩어져 버리는 것이다.

---

18) 슬프고.
19) 가엽고 불쌍하며 순진하고 어리석다.

또 이런 것도 있다
이네들은 신앙(信仰)이 두터운 축이다
바보스런 눈을 휘번덕거리며
천당(天堂) 가기를 엎드려 빌고
무작정 뒤통수를 긁으며
신생활(新生活)이 어쩌구 저쩌구 주절거린다.

나는 귀를 기우린다
내 눈앞에 완연히 나타나 보이는 것은
이마를 맞대고
무언지 공론하는 농군들―
―싸베트 정권(政權) 밑에 생활(生活)은 얼마나 아름
다우냐
야 밀가루 좀…… 그리고 잔못을 좀……

무에라고[20] 주서 지꺼리너냐,[21]
온통 니틀이 솟도록 –
자나 깨나 빵 이야기 감자 이야기
어디에 무엇이 생활(生活)이냐
내가 뽑은
쓰라리고 재수 없는 제비를 원망하야
매일밤 나는 생트집을 무엇 때문에 하는 줄 아느냐.

투쟁(鬪爭) 속에 살아온 사람들
크낙한 사상(思想)을 몸으로써 지켜온 사람들
나는 그들이 부러옵다.

---

20) 무엇이라고.
21) 지껄이느냐

헛되이 써버린 젊은 시절이기에
나같은 것은 생각나는 것조차
없지 않은가.


염치도 없다
아 체통도 없고나
과도시대(過渡時代) 좁은 틈바구니서 삐저난[22]
이 몸의 불운(不運) –
내가 받히려고 힘쓰는 걸 가지곤
아모런[23] 도움조차 되지 못하고
그냥 제멋대로 집어던진 노래가
진중(珍重)히 여겨진다면

---

22) 삐져난.
23) 아무런.

사랑스런 키―타야
마음껏 울려라.
집시―의 계집애야 아무 거라도 좋으니
힘차게 울려라.
애무(愛撫)도 평온(平穩)도 없었든 시절
저 재(災)앙된 세월을 봉할 것 같은
그러한 노래를 울리어 주렴아!

아 이 원통함이 술로서 씻어질 수 있는가
거치른24) 들판을 무작정 헤매인대도
이 몸둥이25)를 사뭇 짓이긴다 하여도

---

24) 거칠은.
25) 몸뚱이.

어떻게 마음속의 고뇌(苦惱)를 씻을 수 있느냐
그 때문이다
흘러내리는 괴타리를 찢어 던지고
공정(共靑)의 뒤에서 나도
줄다름질26)을 치고 싶어진 것은 -

▶▶▶1924

---

26) 줄달음질

# 가을

바람이 불지 않아도
가랑잎은
한닙, 두닙, 떨어집니다


산과 들에는
단풍이 한창이어서
벌겋게 숯불처럼 피인게
그래두는 덥지 않고
선선하기만 합니다.

▶▶▶조선일보, 1936.10.13

# 강도에게 주는 시

어슥한 밤거리에서
나는 강도를 만났다.
그리고 나는
웃었다.
빈 주머니에서 돈 이 원을 꺼내 들은
내가 어째서 울어야 하느냐.
어째서 떨어야 되느냐.
강도도 어이가 없어
나의 뺨을 갈겼다.
―이 지지리 못난 자식아
이같이 돈 흔한 세상에 어째서 이밖에 없느냐.


오 세상의 착한 사나이, 착한 여자야.
너는 보았느냐.

단지 시밖에 모르는 병든 사내가

삼동 추위에 헐벗고 떨면서

시 한 수 이백 원

그 때문에도 마구 써내는 이 시를 읽어보느냐.

▶▶▶1946.01.10

# 강(江)을 건너

모닥불. 모닥불. 은은히 붉은 속. 차차 흙 밑에는 냉기 (冷氣)가 솟고. 재되어 스러지는 태(胎). 강(江)건너 바람이, 날 바보로 만들었구료. 파락호 호주(胡酒)에 운다. 석유(石油)ㅅ 불 끔벅이는 토(土)담ㅅ방 북덱이27) 깐 토(土)담ㅅ방(房) 속에. 빽빽이는 간난애. 간난애 배꼽줄 산모(産母)의 미련을 끊어. 모닥불. 모닥불 속에. 은은히 사그러진다.28)

눈 녹어. 지평(地平) 끝, 쪼차오는29) 믿어운30) 숨ㅅ결. 아즉도31) 어두운 영창의 문풍지를 울리며. 쑤성한

---

27) 북데기.
28) 사그라진다.
29) 쫓아오는.
30) 미더운.
31) 아직도.

논두렁. 종다리 돌을 던지며. 고흔 흙. 새풀이 나온다. 보리. 보리. 들ㅅ 가에 흐터진[32] 농군들. 봄밀. 봄밀이, 숫처오른다.[33] 졸. 졸. 졸. 하눌[34] 잇는 곳. 구름 이는 곧. 샘물이 흐르는 소리.

해마다, 해마다. 강(江)을 건너며. 강(江)을 건너며. 골작이[35] 따라 오르며. 며츨[36]식(式), 며츨식(式), 불을 싸질러. 밤하눌 끄실렀었다. 풀먹는 사슴이. 이슬마시는 산(山)토끼. 모조리 쫓고. 조상(祖上)은 따뷔 이루고. 무덤 만들고. 시꺼먼 뗏장 우에 산(山)나물 뜯고.

---

32) 흩어진.
33) 솟구쳐 오른다.
34) 하늘.
35) 갑자기.
36) 며칠.

이 뒤에사[37] 이 뒤에사 봄이 왔었다.


엇지사[38] 엇지사 울을 거시냐.[39] 예성강(禮成江)[40]
이래도 좋다. 성천강(城川江)[41]이래도 좋다. 두꺼운 얼
음짱 밑에 숨어 흐르는 우리네 슬픔을 건너. 보았느니.
보았느니. 말없이 흐르는 모든 강(江)물에. 송화(松花).
송화(松花). 송애까루[42]가 흥근 – 히[43] 떠나려가는 것.
십일평야(十日平野)에 뿌리를 박고. 엇지사 울을 거시

---

37) 뒤에서.
38) 어찌하여.
39) 것이냐.
40) 황해북도 수안군 언진산에서 발원하여 황해남도 배천군과 개성시 개풍군
   사이에서 강화만에 흘러드는 강.
41) 함남 함흥을 지나 흥남시에서 동해로 유입하는 강.
42) 송화가루
43) 흥건히.

냐. 꽃가루여. 꽃수염이여.

▶▶▶문장(文章), 1940.7

# 경(鯨)44)

점잖은 고래는 섬 모양 해상에 떠서 한나절 분수를 뿜는다. 허식(虛飾)45)한 신사, 풍류(風流)로운 시인이여! 고래는 분수를 중단할 때마다 어족들을 입안에 요리하였다.

---

44) 고래.
45) 실속이 없이 겉만 꾸밈.

# 고리키 문화공원[46]에서

## ―어린 동생에게

고리키 문화공원
넓은 무도장에서
악대의 주악은
부드러운 왈츠로 흥겨워갈 때


모스크바의 첫 여름밤은
시레네의
아네모네[47]의 꽃향기
또 알 수 없는 풀잎의 냄새

---

46) 러시아 모스크바에 있는 공원. 세로 길이가 3km에 이르는 이 공원은 꽃과
 나무가 가득하고, 여름에는 시낭송회와 연주회, 야외 서커스 등 행사가 열리기
 도 한다.
47) 미나리아재빗과의 여러해살이풀. 덩이줄기 식물로 높이는 30cm 정도이며,
 잎은 우상 복엽이다. 4~5월에 줄기 끝에서 붉은색, 자색, 청색, 흰색 따위의
 꽃이 피고 관상용으로 재배한다.

춤추는 스텝은
가늘은 현기에 취하여
자지러드는 선율에
온몸은 떠서 가나니

이 화려한 무도장
바로 곁은 연못가
작은 배 위에 앉은 사람들
백조와 같이 미끄러져 가며

건너편
어린이들의 오락장
목마는 즐겁게 즐겁게

호스러이 돌아가도다

위대한 예술가의 이름 가진
이 공원 넓은 뜰에는
다시 거룩하신 이의 모습 높이 세워논
붉은 화강석 조상[影像]의 스탈린이여!

모스크바 강 넓은 운하의
시원한 저녁바람은
스미어들고

러시아의 첫 여름밤은
줄로 선 백화나무
또는 플라타너스의

아늑한 나무 그늘

사랑하는 누이야
미더운 동생아
우리는 이렇게 조국에서 먼 소련 땅에서
꿈꾸는 반밤을 즐기이도다

근로와 휴식의 그 어느 때에나
넘치는 활기, 햇살같이 퍼지는 즐거움
가릴 길 없는
이 나라 청춘의 따듯한 쥐인 손이여!

그리고 또
저 넓은 강 그 운하 위로

가벼이 기적 울리며
줄지어 오고 가는 수송선

그리고 또
저 넓은 강 그 운하 위로
시원히 가로지른
화려한 크린스키 철교!

또다시 강 건너
한밤에도 불야성 이루는
모스크바의 장안
메트로 정거장의 찬란한 등불

모든 것은 가벼이 가벼이

춤추며 돌아가는 내 안계에
주마등으로
스치며 가도다

사랑하는 누이 미더운 동생
이 나라에서
새로운 과학과 기술을 배우는
우리 조국의 어린 일꾼들아!

돌고 도는 춤자리
유랑한 멜로디에도
내 마음 더욱더
맑아오는 기쁨은

새 조선의 중앙인 평양성이나
빛나 오를 우리의 서울에서도
머지않아 예와 같을
우리의 앞날

모스크바의 첫 여름밤은
시레네의
아네모네의 꽃향기
또 알 수 없는 풀잎의 냄새

▶▶▶1949.06

# 고전(古典)

전당포에 고물상이 지저분하게 늘어선 골목에는 가로 등도 켜지는 않았다. 죄금[48] 높다란 포도도 깔리우지는 않았다. 죄금 말쑥한 집과 죄금 허름한 집은 모조리 충충하여서 바짝바짝 친밀하게는 늘어서 있다. 구멍 뚫린 속내의를 팔러 온 사람, 구멍 뚫린 속내의를 사러 온 사람. 충충한 길목으로는 검은 망또[49]를 두른 주정꾼이 비틀거리고, 인력거 위에선 거(車)와 함께 이미 하반신이 썩어가는 기녀(妓女)들이 비단 내음새[50]를 풍기어가며 가느른 어깨를 흔들거렸다.

---

48) 조금.
49) 망토
50) 냄새.

# 고향 앞에서

흙이 풀리는 내음새
강바람은
산짐승의 우는 소릴 불러
다 녹지 않은 얼음장 울멍울멍 떠나려간다.

진종일
나룻가에 서성거리다
행인의 손을 쥐면 따듯하리라.

고향 가차운51) 주막에 들러
누구와 함께 지난날의 꿈을 이야기하랴.
양구비52) 끓여다 놓고
주인집 늙은이는 공연히 눈물지운다

---

51) 가까운
52) 양귀비

간간이 잰내비53) 우는 산기슭에는
아직도 무덤 속에 조상이 잠자고
설레는 바람이 가랑잎을 휩쓸어간다.

예 제로 떠도는 장꾼들이여!
상고(商賈)하며 오가는 길에

혹여나 보셨나이까.
전나무 우거진 마을
집집마다 누룩을 듸듸는54) 소리, 누룩이 뜨는 내음
새……

---

53) 원숭이
54) 디디는.

# 고향이 있어서

잠자는 약을 먹고서
나 – 타샤[55])는 고히[56] 잠들고
나만 살았다.[57])

나 – 타샤는 마우자,[58]) 쫓긴 이의 딸
나 혼자만 살았느냐

---

55) 오장환 이외에도 백석(「나와 나타샤와 흰당나귀」)과 김광균(「눈오는 밤의 시」)의 시에도 나타샤는 공통으로 등장한다. 실제 마우자(러시아 사람)의 딸이든 '나타샤'라는 고유명사는 작품 속에서 현실치외법권적인 아름다움을 부여받았다. 나타샤라는 북국의 여성 이름을 혹사여 가성적 그녀와 사랑을 하고 흰당나귀 타고 장가가는 꿈을 꾼 백석의 시에도, 나타샤는 하나의 기호의 선물로 작용하고 있다. 나타샤는 이국적 이름이지만, 백석의 시를 통해 비로소 의미를 부여받기 시작한 조선 여인의 이름이기도 하다. 그 이름에 내포된 현실 너머의 나를 거듭 부르는 것과 같은 의미와 효과가 있다.
56) 고이
57) 살았다.
58) 마우자: 러시아 사람을 가리킴.

고향이 있어서……


또다시

메르치59)요. 메르치요. 메르치요. 메르치.

매양 힘에 겨운 사무를 보고

점심시간 집웅60) 우에 나오는 즐거움


나—타샤의 어머니와 마조 앉으면

우리 옛날은 모조리 잊으십시다.

어두운 집웅 속에서……


엄마가 주무시든 방

---

59) 멸치

60) 지붕

높은 다락 안에서
능금이 썩는 향내에 잠을 못한 밤이 있었읍니다.

안개 낀 거리를 나려다보며
우리 다아만 눈물 속에
달큼한 입맛을 나눠봅시다

나아타샤와 나의 쓸쓸한 사랑엔
오즉 눈물밖에 난흘[61] 것이 없었느니
차디찬 방안에
둘이서 웃기사 했소.

---

61) 나을

임자 없는 그의 생일날
스물하나[62]의 기인[63] 촛불을 쓰고
조선백지에는 붓글시[64]로다
나—타샤 베드로프나의 이름을 적어
고요히 살우어 버립시다.


지난날의 풍습이지요.
고향이 있어서……


나—타샤는 고히[65] 잠들고

---

62) 스물하나
63) 긴
64) 붓글씨
65) 고이.

나만 살았다.
나 혼자만 살었느냐
고향이 있어서……


아버님
내가 혹시 고향에 가면, 그리고 그때가 겨울이라면
고히 쌓인 눈을 헤치고라도
평생에 좋아하시는 술. 고진음자 술.
그 대신에 성냥불만 그어도 불이 붙는 술.


웍카, 웍카
이제 와선
마우자의 화주를 뿌려 드리우리다. 고향이 있어서……

▶▶▶조광(朝光), 1940.12

# 공청(共靑)으로 가는 길

눈발은 세차게 나리다가도
금시에 어지러이 허트러지고[66]
내 겸연쩍은 마음이
공청(共靑)으로 가는 길

동무들은 벌써부터 기다릴 텐데
어두운 방에는 불이 켜지고
굳은 열의에 불타는 동무들은
나 같은 친구조차
믿음으로 기다릴 텐데

아 무엇이 자꾸만 겸연쩍은가

---

66) 흐트러지고

지난날의 부질없음

이 지금의 약한 마음

그래도 동무들은

너그러이 기다리는데……


눈발은 펑펑 나리다가도

금시에 어지러이 허트러지고

그의 성품

너무나 맑고 차워[67]

내 마음 내 입성에 젖지 않아라.


쏟아지렴…… 한결같이

---

67) 차가워.

쏟아나 지렴……
함박 같은 눈송이.

# 구름과 눈물의 노래

성(城)돌에 앉아
우리 다만
구름과 눈물의 노래를 불러보려나.

산으로 산으로 따라오르며
초막들 죄그만68) 죄그만 속에
그 속에 네 집이 있고
네 집에서 문을 나서면 바로 성 앞이었다.

어디메인가69)
이제쯤은
너 홀로 단소 부는 곳……

---

68) 조그마한.
69) 어디인가.

어둠 속 성(城)줄기를 따라나리며
오로지 마음속에 여며두는 것
시꺼먼 두루마기 쓸쓸한 옷깃을 펄럭거리며
박쥐와 같이
다만 박쥐와 같이 날아보리라.

성(城)돌에 앉아
우리 다만
구름과 눈물을 노래하려나

산마루 축대를 쌓고
띄엄띄엄 닦아놓은
새 거리에는

병든 말이 서서 잠잔다.

눈감고 귀기울이면 무엇이 들려올까
들컹거리고70) 돌아가는 쇠바퀴소리
하염없이 돌아가는 폐마(癈馬)의 발굽소리뿐.

성(城)돌에 앉아
우리 다만
페가사쓰71)와 눈물의 노래를 불러보려나.

---

70) 덜컹거리고.
71) 페가소스(Pegasos): 그리스 신화에서 영웅 페르세우스가 고르곤의 하나인
     메두사의 목을 벨 때 그 피에서 나온 날개 달린 말.

# 귀촉도(歸蜀途)

## —정주(廷柱)에 주는 시(詩)

파촉(巴蜀)으로 가는 길은

서역 삼만리.

뜸부기 울음 우는 논두렁의 어둔 밤에서

길라래비[72] 날려보는 외방 젊은이,

가슴에 깃든 꿈은 나래 접고 기다리는가.


흙먼지 자욱히 이는 장거리에

허리끈 끄르고, 대님 끄르고, 끝끝내 옷고름 떼고,

어두컴컴한 방구석에 혼자 앉아서

창(窓) 넘[73]에 뜨는 달, 상현달 바라다보면 물결은

이랑이랑

---

72) 길열이: 거북놀이에는 길라래비(길열이), 거북 모형, 농악대 등이 참여하는데,
　　길라래비는 길을 따라 죽 늘어선 모습 정도로 생각하면 된다.

73) 너머

먼 바다의 향기를 품고,

파촉(巴蜀)의 인주(印朱)빛 노을은, 차차로, 더워지는 눈시울 안에 ──


풀섶74)마다 소해자(小孩子)75)의 관들이 널려 있는 뙤76)의 땅에는

너를 기두리는77) 일금칠십원야(一金七十圓也)의 쌀러리78)와 쬐그만79) STOOL80)이 하나

집을 떠나고, 권속마저 뿌리이치고,

---

74) '풀숲'의 경기, 경남, 함남 방언.
75) 아이, 애, 꼬마, 꼬맹이, 아동.
76) 잔디.
77) 기다리는
78) 샐러리
79) 아주 조그만.
80) 술집용 높은 의자

장안 술 하룻밤에 마시려 해도
그거사 안 되지라요, 그거사 안 되지라요.


파촉(巴蜀)으로 가는 길은
서역 하늘 밑.
둘러보는 네 웃음은 용천[81]병(病)의 꽃피는 울음
굳이 서서 웃는 검은 하늘에
상기도, 날지 않는 너의 꿈은 새벽별모양,
아 새벽별모양, 반작일 수 있는 것일까.

---

81) 나병, 간질 따위의 몹쓸 병

# 귀향의 노래

굴팜나무[82]로 엮은 십자가, 이런 게 그리웠었다
일상 성내인 내 마음의 시꺼먼 뻘
썰물은 나날이 쓸어버린다
깊은 산발에서 새벽녘에 들려오는 쇠북소리나
개굴창[83]에 떠나려온 찔레꽃, 물에 배인 꽃향기.


젊은이는 어데로[84] 갔나, 성황당 옆에…… 찔레꽃 우
거진 넌출 밑에 뱀이 잠자는 동구 안 사내들은 노상
진한 밀주에 울고
　어찌나, 이곳은 동무의 고향
　밤그늘의 조금 따라 돛단 어선들은 떠나갔느냐

---

82) 굴참나무
83) 개골창, 시골창의 강원 방언. 또는 개울의 경기·전북 방언.
84) 어디로.

가까운 바다 건너 작은 섬들은
먼 조상이 귀양 가서 오지 않은 곳
하늘을 바라보다 돌아오면서
해바라기 덜미에 꽂고
내 번듯이 웃음 웃는 머리 위에 후광을 보라


목수여! 사공이여! 미장이여! 열두 형제는 노란 꽃잎알
　해를 좇는 두터운 화심(花心)에 피는 잎이니 피맺힌
발바닥으로 무연한 뻘지나서 오라.

# 길손의 노래

입동(立冬)철 깊은 밤을 눈이 나린다. 이어 날린다.
못 견디게 외로웁던 마음조차
차차로이 물러앉는 고운 밤이여!

석유불 섬벅이는[85] 객창 안에서
이 해 접어 처음으로 나리는 눈에
램프의 유리를 다시 닦는다.

사랑하고 싶은 사람 그리움일래
연하여 생각나는
날 사랑하던 지난날의 모든 사람들
그리운 이야

---

85) (북한어) '슴벅이다(눈꺼풀이 움직이며 눈이 감겼다 떠졌다 하다)'의 북한어.

이 밤 또한 너를 생각는 조용한 즐거움에서
나는 면면한 기쁨과 적요에 잠기려노라.

모든 것은 나무람도 서글픔도 또한 아니나
스스로 막혀오는 가슴을 풀고
싸늘한 미닫이 조용히 열면
낯선 집 봉당에는 약탕관이 끓는 내음새

이 밤따라
가신 이를 생각하옵네
가신 이를 상고하옵네.

# 김유천 거리[86]

## —하바로프스크[87]의 즐거운 체류에서

물결치는 구릉 위에 서 있는 거리

아침해 솟아오는

이른 시간에

나는 낯선 거리

그러나 즐거운 이 거리를 걷는다


통나무 둥굴목을

그대로 눕혀 지은

질박한 두껍창[88]의

---

86) 일제강점기 좌파 독립운동가들의 본거지였던 하바로프스크에 있는 김유천을 기리는 거리.

87) 러시아 극동부 하바로프스크(Хабаровск) 지방의 행정중심도시. 하바로프스크 지방의 행정·산업·교통의 중심지이자 극동지방 최대의 도시이다.

88) '두껍닫이(미닫이를 열 때, 문짝이 옆벽에 들어가 보이지 아니하도록 만든 것)'의 잘못.

높고 낮은 집들아!

굽어진 거리를 내리고
다시 오르며
연해 간 이 거리

나무판장 앞에 세운
게시판에는
새날의 새 신문이 붙이어지고
떼아뜰의 새로운 그림판도 세워졌는데

오 이 도시
새로운 소련의 높은 건물과
오래인 씨비리

창과 창이
한결같이 빛나는 거리!

눈 덮인 지붕 위에
고루 퍼지는
아침 햇살아!

집집의 새끼창은
열린다
어디선지 도란도란
새로운 준비의 말소리도
들려오는 듯!

내 정다운 이 도시에서

이른 아침을 거니는
발걸음
홀로이 찾아 나와도
바삐 가는 젊은이 말을 건넨다

– 낯선 동무야
이곳은 김유천거리
아 듣고 보면
김유천거리

김유천! 김유천!
그대는
이 나라의 자랑스런 이 나라 빛난 별
사회주의 조국을

목숨으로 지켜간 사람

빛나는 그 이름
모두가 모두가 그대 뒤를 따르려는
이 나라의
우리 겨레들

다사론 아침 햇살 두 어깨에 받으며
나는 낯선 거리
그러나 반가운 이 거리를
고향길 가듯이 걸어간다

빛나는 이름 길이 빛내는
이 나라의 뜻이여!

나는 걷는다 찬란한 아침 햇살아!
날마다 새 역사와 새 살림이
돌아가는 힘찬 숨결아!

▶▶▶1948.12

# 김일성 장군 모스크바에 오시다

뛰노는 가슴이여! 솟구쳐라
온 세상이
새 역사를 외치는 거세인 날씨에
이 젊은 가슴아! 더 더 솟구쳐라

조소 양국의 깃발
휘날리는
모스크바에
우리의 장군은 오셨다

당신을 맞이하는
역두에
붉은 친위대의 사열은 씩씩하고
그들이 주악하는

우리의 애국가는 우렁차도다

스탈린이시여!
당신이 해방하신 나라
장군이시여!
당신이 이끄시는 나라
굳건한 조국은
이제 늠름히
민주와 평화의 전열에
어깨 가지런히 나섰다

설레이는 가슴아— 외쳐라
위대한, 사회주의 소비에트공화국연맹과
우리 조선민주주의인민공화국의

끝없는 결합을……

당신들의 뜨거운 악수여
이것은
이억과 삼천만의 힘찬 손잡음이다
젊은 가슴아! 더 더 외쳐라

짓밟혔던 조국을
처음 세우는 우리들의
넘치는 환희여
악독한 원수와의 싸움 속에서
흐르는 뜨거운 피들이여!

이른 봄 모스크바의

하늘에
조선과 소비에트의 깃발
찬란히 휘날리는
3월 17일

삼천만의 가슴과
삼천만의 희망을 안고
우리의 장군은
평화와 자유의 수도로 오셨다

▶▶▶1949.03

# 깽

깽이 있다.

깽은 고도한 자본주의 국가의 첨단을 가는 직업이다

성미 급한 이 땅의 젊은이는 그리하여 이런 것을 받아들였다

알콜에 물 탄 양주와

땐스로 정신이 없는

장안의 구석구석에

그들은 그들에게까지 이러한 사실을 알려주었다.


아 여기와는 상관도 없이

또 장안의 한복판에서,

이 땅이 해방에서 얻은 북쪽 38도의 어려운 주소(住所)와

숱한 '야미'89)꾼으로 완전히 막혀진 서울길을

비비어뚫고 그들의 행복까지를 위하여

전국의 인민대표들이 모였다는 사실을……

그러나
깽은 끝까지 직업이다.
전국의 생산이 완전히 쉬어진 오늘에
이것은 확실히 신기한 직업이다.

그리하여 점잖은 의상을 갖추운[90] 자본가들은
새로이 이것을 기업한다
그리하여 그들은 그들의 번창해질 장사를 위하여
'한국'이니 '건설'이니 '청년'이니
'민주'니 하는 간판을 더욱 크게 내건다

---

89) '뒷거래'의 잘못.
90) 갖춘.

# 니는 내 재능(才能)에

나는 내 재능(才能)에
굳은 신념(信念)을 가지고 있다.
시(詩)를 쓰는 건
그리 힘드는 일이 아니다
나의 기쁨과 나의 괴로움
이것은 다만
고향으로 불타오르는 그리움 속에 있다.


세상의 시인(詩人)들은
똥 본 오리처럼 지껄거린다
시약시라든가
별이라든가
달이라든가
이런 나부랭이가 그들 시(詩)의 샘이다

나에게는 그와 다른 감정(感情)이 불타오른다
이 가슴속에는
곧힐91) 수 없는 고뇌(苦惱)가 웅수리고 있다
골빡92) 속에
지글지글 끓고 있는 것은
남들과는 전연 틀리는 생각이다.

나의 소원은 무엇이냐
명인(名人)에 대하여 자랑과 뽄새93)를 줄 수 있는
그러한 시인(詩人)이 되고
또 시민(市民)이 되려고 하는 것뿐

---

91) 꽂힐.
92) 두개(頭蓋). 머리뼈.
93) '본새'의 잘못.

훌륭한 싸베-트 공화국(共和國)에 있어서
나는 으붓자식[94] 모양,
눈치받는 존재가 되고 싶지는 않다.

내가 모스코바에서 떨어져 난 것은
벌서 오랜 일이다
그곳에서 나는 민병(民兵)들과 발을 맞추어
생활하지를 못했다
나의 모-든 술낌의 주접도
하나 하나 타내어 그들은 일컫을 하고
나는 고뇌(苦惱)의 풀무 속에 있는 거 같었다.[95]

---

94) 의붓자식.
95) 같았다.

그들 시민(市民)의 우정(友情)을
나는 깊이 고마워한다
그러나 다만
내게 있어 괴로웁든 일은
그곳에서는 벤치 우에서 재우든 일이며
장속에 불상한 앵무새라든가, 하는 괴상한 시(詩)를
술취한 나머지에
불리운 것이다.

나는 제군(諸君)들의 앵무새가 아니다
나는 한사람의 시인(詩人)이다
저 데미양 베뜨누이 같은 자(者)와
함께 취급(取扱)은 받고 싶지가 않다
시험쪼로[96] 나에게

술을 한주발 앵겨라

그러면 이 눈은 당장에

번쩍이는 영채를 쏟을 테니까 -


나는 모든 것을 본다

그리고 모든 것을 밝고 밝게 아러낸다.97)

이 새로운 시대(時代)는

제군(諸君)들에게

한냥중의 건포도(乾葡萄)조차 주지는 않을 것이다

싸베 - 트라는 이름이 폭풍과 같이

온 나라를 휩쓸고 있다.

---

96) 시험조로.

97) 알아낸다.

그것은 그저 빙글 빙글 돌아서

사상(思想)을 뿌리는 풍차(風車)와 같은 것이다.

사랑하는 사람들아, 기웃거리며 다녀라!

제군(諸君)들에겐 미래(未來)가 약속(約束)되었다.

나는 제군(諸君)들의 어린 조카고

제군(諸君)들은 모두다 나에게는 아저씨뻘이다.

자 에세 – 닌아

조용히 맑스에 향(向)하여 앉자

그리하야

저 다분—한 글자 속에서

크나큰 지식을 받어드리자.[98]

---

98) 받아들이자.

안개에 싸인 시내물[99] 같이

날과 달은

부질언허 흐를 때,

대도시(大都市)는 책 속에 느러슨 활자(活字)처럼

번쩍어리고[100]

가추 모스크바에 있든 나조차

이제는 바-크의 거리까지 떠나려왔다.

그리고 신부(神父)는

근엄(謹嚴)하게 신탁(神託)을 전수(傳授)한다

— 저것을 보아라

시꺼믄[101] 석유(油田)의 키(노(櫓))는

---

99) 시냇물.
100) 번쩍거리고.
101) 시꺼먼.

사회(敎會)의 십자탑(十字搭)보다 얼마나 아름다우냐,
신비(神祕)의 안개 속도 이제는 싫다
시인(詩人)은 노래 불러라
- 더 좀 굳세게 살라고.


물 우에 뜨는 원유(原油)는
가슴을 두르는 입성과 같다
하눌에는 밤이 찾어오고[102]
수없는 별을 뿌릴 때
나는 이 청순(淸純)한 가슴에 맹서를 한다.
바-크의 하늘의 별보다
번쩍이는 가등(街燈)이 훨씬 더 아름답다고……

---

102) 찾아오고.

나의 꿈은 공업(工業)의 힘에 눌려버리고
내 귀는 인간(人間) 에넬기-의 폭음(爆音) 속에서
헤어나지 못한다
아 이제는 제-발 그만두어라.


천상(天上)의 모든 것은 빛을 던지고—
땅에서는 이러한 힘이
우리들은 더욱 더 단순하게 만든다
나는 조용히 내 목을 어루만지며
이처럼 말하자
- 때는 가차웁다고.103)

_____

103) 가깝다고.

자, 에세 – 닌아

조용히 맑스에 향하여 앉자

그리하야

저 따분 – 한 글자 속에서

크나큰 지식의 수수꺾이[104]를 풀자.

▶▶▶1924

---

104) 수수께끼

# 나는 농촌(農村) 최후(最後)의 시인(詩人)

나는 농촌 최후의 시인
판때기로 건늬인[105] 적은 다리는
조심성스러운 노래 가운데,
백화(白樺)잎새 피우는
작별의 미사 속에 나는 서 있다.

황금빛 불꽃으로
밀초는 눈부시게 타오르고,
달빛에 어리는
나의 괘종(掛鐘)은
나의 자정(子正)을 울릴 것이다.

---

105) 건넌.

새파라니 물든
들 가운데 길에도,
미구에 무쇠의 손님은 나타나
그의 검은 손은
하눌빛 맑게 비최이는[106]
밀보리를 실어가리라.

아, 목숨을 갖지 않은
낯설은 손길이어!
너는 내 노래의 목을 조를 때
갓 패인 보리이삭의 망아지들은
전부터 낯익은 나를 위하야

---

106) 비추이는.

코를 불리라.


바람조차 슬픈 우름소리[107]를
실어간 다음,
소조한 망아지들을 잠재울 때면……
오라지 않어[108] 달빛에 어리는
나의 괘종(掛鍾)은
나의 자정(子正)을 울릴 것이다.

▶▶▶1924


---

107) 울음소리.
108) 않아.

# 나 사는 곳

밤늦게 들려오는 기적소리가
산짐승의 울음소리로 들릴 제,
고향에도 가지 않고
거리에 떠도는 몸은 얼마나 외로울 건가.

여관방의 심지를 돋우고
생각없이 쉬고 있으면
단칸방 구차한 살림의 벗은
찬 술을 들고 와 미안한 얼굴로 잔을 권한다.

가벼운 술기운을 누르고
떠들고 싶은 마음조차 억제하며
조용조용 잔을 노늘 새
어느덧 눈물방울은 옷깃에 구르지 아니하는가.

'내일을 또 떠나겠는가'
벗은 말없이 손을 잡을 때

아 내 발길 대일 곳 아무데도 없으나
아 내 장담할 아무런 힘은 없으나

언제나 서로 합하는 젊은 보람에
홀로 서는 나의 길은 미더웁고 든든하여라.

# 나의 길

### —삼(三)·일기념(一紀念)의 날을 맞으며

기미년 만세 때
나도 소리높이 만세를 부르고 싶었다.
아니 흉내라도 내이고 싶었다.
그러나 나는 그 전해에 났기 때문에
어린애 본능으로 울기만 하였다.
여기서 시작한 것이 나의 울음이다.

광주학생사건 때
나도 두 가슴을 헤치고 여러 사람을
따르고 싶었다.
그러나 그때의 나는
중등학교 입학시험에 미끄러져
그냥 시골구석에서 한문을 배울 때였다.
타고난 불운이 여기서 시작한 것이다.

그 뒤에 나는
동경에서 신문배달을 하였다.
그리하여 붉은 동무와
나날이 싸우면서도
그 친구 말리는 붉은 시를 썼다.

그러나
이때도 늦은 때였다.
벌써 옳은 생각도 한철의 유행되는 옷감과 같이
철이 지났다.
그래서 내가 우니까
그때엔 모두 다 귀를 기울였다.
여기서 시작한 것이 나의 울음이다.

8월 15일

그 울음이 내처 따라왔다.

빛나야 할 앞날을 위하여

모든 것은

나에게 지난 일을 돌이키게 한다.

그러나 나에게는 울음뿐이다.

몇 사람 귀기울이는 데에 팔리어

나는 울음을 일삼아왔다.

그리하여 나는 또 늦었다.

나의 갈 길,

우리들의 가는 길,

그것이 무엇인 줄도 안다.

그러나 어떻게? 하는 물음에 나의 대답은 또 늦었다.

아 나에게 조금만치의 성실이 있다면
내 등에 마소와 같이 길마를 지우라.
먼저 가는 동무들이여,
밝고 밝은 언행의 채찍으로
마소와 같은 나의 걸음을 빠르게 하라.

# 나의 노래

나의 노래가 끝나는 날은
내 가슴에 아름다운 꽃이 피리라.


새로운 묘에는
옛흙이 향그러
단 한 번
나는 울지도 않았다.


새야 새 중에도 종다리야
화살같이 날아가거라.


나의 슬픔은
오직 님을 향하여

나의 과녁은
오직 님을 향하여


단 한 번
기꺼운 적도 없었더란다.


슬피 바래는109) 마음만이
그를 좇아
내 노래는 벗과 함께 느끼었노라


나의 노래가 끝나는 날은
내 무덤에 아름다운 꽃이 피리라.

---

109) 바라는.

# 나폴리[110]의 부랑자(浮浪者)[111]


어둠과 네온을 뚫고 적은 강물은 나폴리로 흘러내렸다.

부두에 묵묵히 앉아

청춘은 어떠한 생각에 잠길 것인가,

항구의 개울은 비린내에 섞이어 피가 흘렀다.

무거이[112] 고개 숙이면


사원의 종소리도 들려오나

육중한 바닷물은, 끝없이 출석거리어

기──단 지팡이로 아라비아 숫자를 그려보며 마른

빵쪽을 집어던졌다.

---

110) Naples: 이탈리아 캄파니아주의 주도. 로마, 밀라노 다음 가는 이탈리아 3대 도시이다. 지중해에서 가장 아름다운 풍광을 자랑한다. 예로부터 '나폴리를 보고 죽어라'라는 유명한 속담이 전해올 만큼 세계적 관광도시이다.

111) 떠돌이.

112) 무겁게.

글쎄 이방귀족(異邦[113]貴族)이라도 좋지 않은가
어느 나라 삼등선에서 부는 보일러 소리
연화가(煙花街)의 계집이 짐을 내리고

공원 가차이[114] 비둘기떼는 구구 운다
도미노의 쓰디쓴 웃음을 웃으나
마지막 빌로드의 검은 망토를 벗어버리나
붉은 벽돌담에 기대어서서 떠가는 구름 바라보면 그만 아닌가
밤이면 흐르는 별이며 적은 강물에 나폴리는 함촉이 젖어
충충한 가로수 아래

---

113) 남의 나라. 이국(異國).
114) 가까이.

꽃 파는 수레에도 등불을 끈다.
호젓한 뒷거리에 휘파람 불며
네가 배울 것은 네가 생각하는 것은 무엇이겠나
말없이 담배만 빨고 돌층계에 기대어 앉아
포도(鋪道) 위의 야윈 조약돌을 차내 버리다.

# 남포객사(南浦客舍)

─동지 여운희(呂運熙) 그는 꽃나이 서른에 해 넘는 신양으로
먼길 떠나다


## 1


두 달 넘어 함께 있던
너의 병실을 찾으니
낯익은 간호부는
말없이 눈물로 대답하누나

지금도 부르리라
네 발길 닿은 곳 어데서나
수없는 젊은이들은
여운희…… 여운희…… 너의 이름을

동무여 길이 돌아갔는가

병실에도 봄모종 하려고
꺾어온 꽃다발
그렇다 나는 이것으로
주인 없는 이름을
다시 한 번
나직이 부른다
장하다 굳세었던 너의 청춘아


2


눈감아지던가
눈감아지던가
네 몸에 넘치는 젊음과

임박하는 우리의 날

원수들의 독 있는 화살을
스스로의 가슴으로
방패 삼아
남조선의 민청원을 이끌던 동지

앞서는 이곳에 너를 찾으니
12월 7일은 왔구나
동무야 기다리던 날은 왔구나
쇠잔한 몸에도
뒹굴듯이 기꺼하더니

동무야 네 마음 애타게 닳던

그곳 남녘의 땅에는
원수들의 모진 매질에
척추의 기둥이 부러진 너의 동생

먼젓번 항쟁을 불지른
철도 총파업에
농성하는 기관구 속에서
사랑하던 기관차를 안고 쓰러진
단지 하나인 너의 동기는
아직도 자리에서 일지 못하고

두 어린 지식의 목줄을 달은
무거운 떡함지들
이고 달리면서도

동무와 동무의 연락하는 쪽지를 들고
오늘도 번잡한 거리에 나서 있을
그대의 아내

어찌 그뿐이겠느냐
아니 그보다도
네 손으로 기른 수많은 청년들
다시 저마다의 가슴으로
원수의 총칼을 막아내는 조선의 방벽들
미어지는 쇠창살
쇠창살마다
원수를 갈아 마실 듯
날카로운 눈초리는 놈들을 살피며
오히려 씩씩하니 둘러앉아서

내일의 싸움을 의논하는
조선의 방벽들

숨 모으려는 너의 귓결에도
들려오지 않더냐
동무야
불길로 오르는 그 함성
새로운 조선이 외치는
그 함성



# 3

너 어디 있느냐

병상에 누워서도 한시를
편안히 쉬이지 못하던 네 젊음
지금은 너 어디 갔느냐

미처 알지 못하는
너의 무덤은
그 어디서 높은 곳에 날리는
깃발 모양
내 마음을 이리도 간절히 부르고 있느냐

휘날리라 깃발이여!
언제나 우리 앞에 날리며
우리의 힘을 불러주는 것
깃발이여 휘날리라

다시 한 번
흐려질 이름을 부른다
손질하여라 너를 사랑하던 가슴과 가슴에
깃발같이 너의 남긴 뜻이여
손 저어주려마

# 남포병원

—남포 소련 적십자병원에서

나의 병실 남으로 향한 창에는
해풍이 조을고[115]
부두 앞으로 나아간 곡물 창고
여기에 모이는 참새떼는
자주 나의 창에 앉았다 갑니다

병든 사람도 깨끗이 흰 옷을 입음은
이곳의 차림
조심조심 음성을 낮춰
상냥한 여의사 이국의 손님은
밤사이 증세를 살필 제
말없이 펴 보이는 나의 "부끄와리"

---

115) 졸고.

"하라쇼"
미소를 구슬같이 굴리며
그는 책장을 덮는다
– 평양에서 박사님을 뫼셔오리다
그래도 안 되면
당신을 우리나라 소련까지도 가게 하여
온전히 낫게 하리다 –
쇠잔한 맥박을 헤이며
성심껏 말하는 당신의 음성
내 어찌 이곳에서 낫지 않겠습니까.


유리에 어둠이 까맣게 앉아
창문이 스스로 큰 거울을 이루는 밤이나
깊은 잠 속에

바다 끝 등댓불이
샛별같이 빛날 때에도
타마라 알렉산드로브나! 그대는
당신의 잠 깨운 병자를 위하여
웃음 짓는 얼굴엔 사뭇 근심이 넘쳐라

이럴 때이면
오랫동안 비꾸러진 나의 마음이
몰래서 우는 것이 아니라
내 고향 먼 곳에 계신 어머니시여!
당신이 목마르게 그리워집니다
어머니여! 어머니여!
당신이 자식들을 향하여 기울이는
그 사랑과

여기 수염자리가 거칠은 이 아들이
어느 곳에서나 애타게 구하던
크나큰 사랑이
맑은 시냇가
조약돌처럼 구르고 있습니다

조용한 희열이
분수와 같이 흐트러지다가도
숫제 뛰어보고 싶은 마음
창 앞의 참새떼를 쫓으려 하여도
그조차 날지 않는 평화로운 나의 병실입니다

# 내 나라 오 사랑하는 내 나라

—씩씩한 사나이 박진동(朴晉東)의 영(靈) 앞에


내 나라 오 사랑하는 내 나라야

강도만이 복받는

이처럼 아름다운 세월 속에서

파출소 지날 때마다

선뜩한 가슴

나는 오며 가며 그냥 지냈다.


너는 보았느냐

우리의 생명과 재산을 지키려는 이들이

아 살기 띠운 얼굴에

장총을 들고 선 것을……


그들은 장총을 들었다.

그리고

그 총 속엔 탄환이 들었다.


파출소 앞에는
스물네 시간
그저 쉬지 않고
파출소만 지키는
군정청의 경찰관!


어디다 쏘느냐.
오 어디다 쏘느냐!
이것만이 애타는 우리의 가슴일 때
총소리는 대답하였다.
── 여기는 삼청동이다.
죄 없는 학병의 가슴속이다.

그리하여 죽어가는 학병들도 대답하였다.
── 우리 학병 우리 동무 만세!
조선인민공화국 만세!

내 나라 오 사랑하는 내 나라야,
강도만이 복받는
이처럼 화려한 세월 속에서
아 우리는 어찌하여
우리는 어찌하여
우리의 원수를 우리의 형제와 우리의 동무 속에 찾아
야 하느냐.

# 너는 보았느냐

너는 보았느냐
마차발에 채어 죽은 마차꾼을,
그리고
장안 한복판에
마육(馬肉)을 싣고 가는 마차말같이
인육(人肉)을 싣고 가는 폭력단을——

한 나라의 집결된 의사,
인민의 입,
신문이 있다.
그리고
아 끝까지 배지 못한 인육의 마부는
성낸 말들을 이곳으로 몰아넣는다.

너는 보았느냐,

타성의 뒷발질밖에

아무런 재주도 없는

이 마차말조차 제어하지 못하는 늙은 마부를……

# 노래

깊은 산골
인적이 닿지 않는 곳에
온종일 소나기가 내리퍼붓는다.


이윽한116) 밤늦게까지
온 마음이 시원하게
쿵, 쿵, 쿵, 쿵, 가슴을 헤치는 소리가 있다.


이것이 노래다.


산이 산을 부르는
아득한 곳에서

---

116) 이윽하다: (순우리말) 느낌이 은근하다. 또는 뜻이나 생각이 깊다.

폭포의 우람한 목청은
다시 무엇을 부르는 노래인가

나는 듣는다.

깊은 산골짝
인적이 닿지 않는 곳에,
억수로 퍼붓는 소나기 소리.

# 눈 속의 도시

눈보라가 친다
눈보라는
사나운 이리떼 모양 아우성치며
가없는 들판을
휘몰아친다

가없는 들판은
무진장 빽빽한 원시림
또
끝없는 눈더미

전에는
모험을 즐기는 사냥꾼들이
수피(戰皮)[117]를 구하여 이곳에 길을 내었고

그다음은 무도한 압제자들이
그들을 반대하여 싸운 이들의
손발에 채웠던 무거운 쇠줄이
이 길을 다진 곳

모진 바람은 이따금
조용한 날씨에도
눈더밀 몰아
눈싸라기 하늘을 덮는
서백리아(西伯利亞)118)!

오늘은 이곳에

---

117) 전쟁에 쓰는 가죽.
118) 시베리아.

거칠은 파도를 막아내는
항구 앞의 방파제 모양
씨비리[119] 눈보라를 막아내는
우뚝우뚝한
도시들이 솟아오른다


오 맵고 어지러운 눈보라
온 하늘을 눈가루로
묻어버려도
하늘을 찌르는 트랜스포터의
높은 철탑들 –
여기에

---

119) 시베리아.

듬직한 클럽은
무거운 철근과 숱한 벽돌장
때 없이 달아 올리며
살을 에이는 혹한 속에도
멈출 새 없는 건설의 거대한 숨결!

어제도 공장이 섰다
오늘은 극장이 선다
또 내일은
더 큰 건물들에 힘찬 엔진 소리가
언 땅을 울릴 것이다

사나운 눈보라
어지러운 천후(天候)120)만이 아니라

그 흉포한 짐승 같던
히틀러 파시스트의 무리들과의
곤란한 전쟁 속에서도

오래인
씨비리의 꿈을
꽃피우고
새로운 씨비리의
행복을 세워가기 위하여

소비에트 정권은
오랜 세월을

---

120) 기상 상태.

추방과 유형의
눈보라와 불모의
망각과 심연의
건질 수 없던
이 씨비리 – 한복판에

스베르들로프스크
옴스크
노보시비르스크
오래지 않아 인구 백만을 헤일
숱한 도시들은 세워져 갔고
씨비리의 대공업화는
거침없이 진행되었다

우우우
사나운 이리떼 모양 아우성치며
달려드는 눈보라!

오 이 눈보라 속인
삼동에도 아이스크림을 즐기는
씨비리 사람들은
오히려 그들이 반주하는
휘파람으로
벽돌장을 쌓아나갔다
벽돌장을 쌓아나갔다

그리하여
눈 가운데

커다란 도시는
거인과 같이 생기어났다

▶▶▶1949.01

# 눈보라

눈보라는 무섭게 휘모라치고[121]
끝없는 벌판에
보지 못하든 썰매가 달리어간다.

낯설은 젊은 사내가 썰매를 타고
달리어간다

나의 행복(幸福)은 어디에 있느냐
미칠 것 같은 나의 기쁨은 어디에 있느냐
모든 것은
사나운 선풍 밑으로
똑같이 미처 날뛰는 썰매를 타고 가버리었다.

---

121) 휘몰아치고.

# 다시금 여가를……

아, 내 사랑하는 꽃잎알이 지난다.
불타오르는 햇덩이여!
너의 굴리는 수레바퀴 더욱 힘차고
니는 내 몸에 풍기는 향기조차 잊어왔구나.

어느 것에 앗기었는가,
무엇에 골독하였나,
예사 젊음에서 사라지는 꽃향기,

장마 전 시내 정다이 흐르고
새들은 즐거이 노래 불렀으련만
다가오는 칠월이여
그대는 나에게 어떠한 열매를 맺어주려나.

다시금 여가를 나에게……
다시금 여가를 나에게……
온통 눈물에 젖었던 얼굴이 스사로[122] 붉어보도록

봄날의 다사로이 퍼지는 햇살들이여!
또 한 번 나의 볼을 어루만지라
더 한 번 내목에 감기라.

---

122) 스스로.

# 다시 미당리(美堂里)

돌아온 탕아라 할까
여기에 비하긴
늙으신 홀어머니 너무나 가난하시어

돌아온 자식의 상머리에는
지나치게 큰 냄비에
닭이 한 마리

아직도 어머니 가슴에
또 내 가슴에
남은 것은 무엇이냐.

서슴없이 고깃점을 베어 물다가
여기에 다만 헛되이 울렁이는 내 가슴

여기 그냥 뉘우침에 앞을 서는 내 눈물

조용한 슬픔은 알련만
아 내게 있는 모든 것은
당신에게 바치었음을……

크나큰 사랑이여
어머니 같으신
바치옴이여!

그러나 당신은
언제든 괴로움에 못 이기는 내 말을 막고
이냥 넓이 없는 눈물로 싸주시어라.

# 독초(毒草)

썩어문드러진 나무뿌리에서는 버섯들이 생겨난다. 썩은 나무뿌리의 냄새는 훗훗한 땅속에 묻히어 붉은 흙을 거멓게 살지워놓는다. 버섯은 밤내어 이상한 빛깔을 내었다. 어두운 밤을 독한 색채는 성좌를 향하여 쏘아오른다. 혼란한 삿갓을 뒤집어쓴 가녈핀 버섯은 한자리에 무성히 솟아올라서 사념을 모르는 들쥐의 식욕을 쏘을게 한다. 진한 병균의 독기를 빨아들이어 자줏빛 뻣뻣하게 싸늘해지는 소(小)동물들의 인광! 밤내어 밤내어 안개가 끼고 찬 이슬 나려올 때면, 독한 풀에서는 요기의 광채가 피직, 피직 다 타버리려는 기름불처럼 튀어나오고. 어둠 속에 시신만이 경충[123] 서 있는 썩은 나무는 이상한 내음새를 몹시는 풍기며, 딱따구리는, 딱따구리

---

123) 껑충.

는, 불길한 가마귀[124]처럼 밤눈을 밝혀가지고 병든 나무의 뇌수를 쪼으고[125] 있다. 쪼으고 있다.

---

124) 까마귀.
125) 쪼으다: '열심히 하다'란 말로 경상도에서 사투리로 쓰임.

# 레닌 묘에서

이른 새벽에서 밀려드는
끝없는 사람의 물결은
아 오늘도
당신을 뵈오러 모여온 사람들!

굳게 잠겨진 사람들의 마음
암흑의 창문을 열어주신
당신이시여!

이 가슴
피 끓는
그것이 곧장
인민의 품으로 치닫게 한
당신이시여!

동방의 먼 나라
지금은 젊은 민주국가의
한 청년이
당신을 뵈오러 이 자리에 왔습니다

아 오늘에도
대리석 침상에 조용히 쉬시는
거룩한 모습

레닌이시여!
당신은
인류의 양심, 인류의 지혜,
그리고

인류의 영광,

당신 계시는
이 고요함
당신 계시는
이 엄숙!

당신은 말씀 없으시어도
이 가슴 설레어
그저 무릎 꿇고자 하오나
오 앞에도 뒤에도 한없이 줄지어 이어 선 사람

이른 아침 공장 가는 길에서 달려온
노동자들이여!

먼 콜호즈에서
우정 올라온 농민들이여!

그보다도
당신의 아들딸들
여러 나라
새로운 인민의 나라에서 온
전에 없이 밝은 얼굴들이여!

아니 그보다도
온 세계에서 찾아온 사람들
국적은 극악한 반동
영미와 불란서에 있으나
당신을 뵈오려고 이 나라에 온 사람들

원수를 불같이 미워하며
다 각기 조국과 인민
평화와 자유를 지켜 끝까지 싸우려는
전사들이여!

한없이 줄 져서는 그 마음
모두가 나 같으려니
나는 안타까이 그러나 새로운 힘에 넘쳐
발걸음 아껴 디디며
당신 앞으로 지나갑니다

빛나는 태양!
불티는 태양!

소련의 태양!
민주의 태양!
아니 온 인류 역사의 찬란한 태양이시여!

붉은 광장이 넓은 뜰
당신께서 쉬시는
바로 뒤에는
1917년
혁명의 영광과 더불어
이곳에 누워 있는 이름 없는 전사들

크렘린 궁전
당신 뒤에 높이 솟아 있고
이곳에는

스탈린이 당신의 기치 높이 드시었나니

스탈린!
스탈린!
그는 인민의 아버지
아 오늘의 당신

다시 이 앞엔
당신의 뒤를
목숨으로 따라간
크나큰 이름들!

오래니는 스베틀로프에서
가차히는126) 주다노프에 이르기까지

드제르스키
칼리닌
우렁찬 이름들!

오 찬란한 곳이여!
옛날에는 흐리기만 하였던
나의 마음 다시금
시간마다 시간마다 밝아오도다

오 힘찬 곳이여!
내 마음 어느덧
훨훨 높이높이 날아

---

126) 가까이는.

조국의 인민 앞에 날아가나니

어느 산기슭
푯말도 없이 죽어간
우리나라 혁명 투사들이여!
조국의 흙으로 돌아간
그대들이여!
귀 기울여
이 노래 들으라

오 위대한 곳이여!
내 마음
용광로처럼
천 도(度) 쇳물로 끓고자 하노라

크렘린 높은 시계탑에서
때마다 울려오는
유랑한 음악 소리

홍보석 붉은 별 아래
사람들의
평안과 행복을 기울여주는
저 유랑한 음악 소리

일찍이는
전제의 무거운 성문 억압의 천근
담벼락이었던
이 높은 성탑 긴 성벽에

보라! 여기
불멸할 이름을
남기고 간 그 사람들!

그들은
만국 프롤레타리아트의 영예로운 전사들
근로하는 인민들의 용감한 선구자
이곳엔
영국 불란서 그리고 그 가운데는
우리 동양 사람의 이름도 있다

자유를 사랑하는
억만 가슴속에
자랑으로 살아 있어

힘으로 나아가는 붉은 광장

레닌묘여!
크렘린이여!

노래하자!
인류의 이름
위대한 레닌 스칼린의
이름으로
노래 부르자!

크렘린 높은 시계탑이여!
그대의 찬란한 음악을
그 장엄한

행복의 합창을―
그대를 생각하는
모든 사람들의 머리 위에
자유를 위하여 싸우는
모든 거리의 하늘 위에

우레처럼 울려라!
파도처럼 울려라!

▶▶▶1949.03

# 망난이의 뉘우침

아무나 노래를 부를 수 있는 것이 아니고
어느 능금이나
사람들의 발등에 떠러지는[127) 것은 아니다
이것은 그중 훌륭한 뉘우침
망난이의 뉘우침을 들어라.


나는 일부러 머리칼을 쑥방맹이[128)로 만들고
골통은 정말 어깨우에[129) 올려논[130) 남포등잔
너희들의 마음의 가을이
잎이 진 마음의 가을이

127) 떨어지는.
128) 방망이.
129) 어깨 위에.
130) 올려놓은.

절망 속에 빛나는 것을 보면 할량없이[131] 기쁘다
욕소리 상쏘리[132]의 돌풀매[133]가 우박같이
나를 향하여 날러올 때
정 좋아서 못 견디겠구나
그렇게만 되면 나는 두 손으로 온몸에 잔뜩 힘을 주어
성내어 떨리는 나의 머리털을 움켜쥐리라.

그때 멋드러진 것은 얼마나 하겠느냐
마음속에 떠오르는 것은
그 수풀이 무성한 호수(湖水)가와
바람에 흔들리는 느릅나무의 목쉬인 소리

---

131) 한량없이.
132) 상소리.
133) 돌팔매.

내 마음 어느 구석엔가는

어머니, 아버지가 살고 게시다.

두 분은 내가 쓰는 시(詩) 같은 거 방귀만큼도 안 여기지만

다만 이 아들이, 논뱀이[134]나 밭때기[135]처럼 신통하여 못 견디는 것이다

열푸르게 거무른 농사철의 단비와 같이 작고만 대견하여 못 견디는 것이다

너의들이[136] 내게 던지는 욕소리 상쏘리를 듯다 못하면

그분들은 소스랑[137]을 취켜들고[138] 쪼처나올[139] 것

---

134) 논배미

135) 밭뙈기

136) 너희들이.

137) 소시랑

138) 치켜들고.

이다.


　아　가난한　농사꾼이어

　당신들은　정말로　밉상이구려

　여전히　하누님[140])이나　수령같은　것에는　움추러들

며[141])

　당신들이　낳어서[142])　기른　이　러시아의

　그중　훌륭한　시인(詩人)은

　어째서　몰라보느냐.

　그　자식이　맨발로　가을물　고인　데

139) 쫓아나올.
140) 하느님.
141) 움츠러들며.
142) 낳아서.

가을물 고인 데 발을 디밀 때
너희들은 조마조마하야 마음이 얼어붙지는 아니하느냐
그런데 이 자식은 지금 씰크헽을 쓰시고
유난히 번쩍이는 칠피구두를 잡쉈다.

그렇다고는 하지만 그 자식의 마음속엔 옛날과 다름 없이
촌 개구쟁이의 억지가 눈을 까뒤집고
고기깐 간판의 소 그림만 보아도
먼–발에서 인사를 한다
번화한 거리에서도
호기 있게 달아나는 마차(馬車)를 볼 때
나는 그와는 달리 고향의 밀보리밭 분전냄새를 생각 해내고

진정 새색시의 긴 치마를 잡는 것처럼
말이란 말의 궁둥이를 두드리고 싶다

그리운 고향
사랑하는 내 고향아!
설령, 너에게 누른 버들의 슬픔이 있다하여도
그 더러운 돼지의 거두리라든가
조용한 밤중을 뒤엎어놓는 개구리, 맹꽁이, 둑거비,143)
이런 것들이 악을 쓰는 울음소리를 듯고 싶다
아 어릴 적 생각에 내 마음은 묻힌다
울타리 넘어 단풍나무는 저녁 노을이 불붙는 속에
몸을 굽히어 불을 쪼이고

---

143) 두꺼비.

숫개의 등을 듸듸고[144]
나는 그 단풍나무 가지 까치의 둥지에서
몇번이나 까치말(알)을 훔친 것인가,

그리웁다 단풍나무
네 노래는 지금도 그처럼 멋대가리가 없느냐,
옛날부터 언제나 바람이 불 때면 끼ㄱ 끼ㄱ 울면서
눈을 감고
축 느러진[145] 가지를 뜰 앞에 흔들었다
벽장문이 어딘지, 부엌문이 어딘지 빵 쪼가리가 어디
있는지
아무것도 모르는 너

---

144) 듸듸고.
145) 늘어진.

어머니 몰래 빵쪼가리를 훔쳐와 갖고는
얼마나 네 옆에서 몰래 먹었든 것이냐
아 그리하야 너와 내가 정이 들었다

나는 그때와 조금도 다름이 없다
내 마음도 그전대루다[146)]
병든 들국화모양 내 눈은 내 얼굴에 꽃피고 있다
잔디풀 욱어진 시(詩)의 자리를 펼치고
말솜씨를 부드러이 너에게 인사하련다
 ― 편안히 쉬시라구요
 ― 여러분 편안히들 쉬시라구요
저 들판에는

---

146) 그전대로다.

저녁 노을의 낮질도 끝났다

오늘밤 나는 창가에 기대어 마음껏 달빛에 잠기고 싶다


창백한 빛이다 어쩌면 저리도 할쑥한[147] 빛이냐

이같은 속에서라면 금상 눈감고 죽엄이 온대도

별로 별로 뉘우침이 없으리라

설령 이 몸이 가등(街燈) 꽁무니에 매달려 죽었다 하여도

그까진 게 무엇이냐.

옛날부터 낯익은 그리고 정들은

무작정 타고 다니던 페가사쓰[148]여!

---

147) 햌쑥한.

148) 페가수스(Pegasus): 그리스 신화에 나오는 날개 돋친 천마(天馬). 페르세우스가 메두사의 목을 자를 때 떨어지는 핏방울에서 생겼다 하며, 영웅 벨레로폰

너의 보드라운 안장조차
지금의 나에게 무슨 소용이 있느냐.
쥐뿔 같은 것들을 노래하고 찬미(讚美)하기 위하야
타고난 재조를 떨칠랴고 그래서 나는 왔다
금과 은의 수실을 해달은 내 머리털
내 머리털은 술이 되어 머리 속에서 넘쳐흐른다.


아 나는 금빛 돛이 되어
저 나라로 흘러가고저웁다

▶▶▶1920

---

의 애마(愛馬)로 활약하였고, 그 뒤 하늘에 올라 별자리가 되었다 한다.

# 매음부(賣淫婦)

푸른 입술. 어리운 한숨. 음습한 방 안엔 술잔만 훤-하였다. 질척질척한 풀섶과 같은 방 안이다. 현화식물(顯花植物)[149]과 같은 계집은 알 수 없는 웃음으로 제 마음도 속여 온다. 항구, 항구, 들리며 술과 계집을 찾아 다니는 시꺼먼 얼굴. 윤락된 보헤미안의 절망적인 심화(心火). ― 퇴폐한 향연 속. 모두 다 오줌싸개 모양 비척거리며 얇게 떨었다. 괴로운 분노를 숨기어 가며……젖가슴이 이미 싸느란 매음녀는 파충류처럼 포복(葡匐)한다.

---

149) 생식기관으로 꽃을 가지며 밑씨가 씨방 안에 들어있는 식물군.

# 면사무소

신작로 가으론150) 조그만 함석집이 있습니다.
유리창은 인조견처럼 뻔적거리고
촌민들이 세금을 바치러 들어갑니다.

---

150) 가로는.

# 모두 바치자

아빠는 현물세를 바치러

감자 달구지를 몰고

읍에 가시고


엄마는 목화밭에

두 벌 김을 매는

평화스러운 날


아가는 산등성이

다박솔이 자라나는 언덕배기로

어린 송아지와 함께 뛰고 놀 때에


악마의 날개와 같이

검은 그림자를 어른거리며

원수의 미국 전투기는
하늘에서 기관총을 퍼부었다
들깨밭에서 쓰러지며
아가 있는 쪽을 바라보는 엄마—

고사리 같은 손으로
빈 하늘을 부여잡는
아가

또 그리고
소리 없이 쓰러지는
어린 송아지

미국놈들은 비행기 위에서

잔인하게 웃으며
이 광경을
저희들 웃음거리로 카메라에 찍는다
저놈이 원수다!
우리 조국의 통일독립을
방해하는 놈!

저놈이 원수다!
이름다운 조국 산하와
우리 인민을
저희들의 영구한 노예로 만들려는 놈!

원수 미제를 쳐부수는
영용한 싸움에

우리는 모든 힘을 바치자!
우리의 가진 모든 것을 바치자!

# 메밀꽃 피는 내 고향

모밀꽃 피는 광야(曠野)의 토스카 속에서
나는 고향사리에 넌더리를 내었다
그리하야
집없는 거지나, 밤도적같이
나는 기우러가는 내 집을 버렸다.


안신할 곳을 찾어서[151]
백일하(白日下)에 헤매일 때
아, 너무나 눈부신 세월이었다.
가장 가까운 줄 알었던[152] 놈도
날카로운 비수(匕首)를 내 가슴에 겨눈다.

---

151) 찾아서.
152) 알았던.

무르녹는 풀밭, 오솔길에도
다사로운 봄빛이 희롱을 할 때
한없이 마음 끌리어
우두커니 서 있는 나를……
또 무엇이
내 나라 지경 밖으로 몰아내려 하느냐.

잼처, 내 고향 집에 돌아가면
알 수 없는 안도(安堵)에
내 마음 기쁘고,
어설푸른 저녁 어둠 창가에 닥어들 때
아 그때 나는 목을 매리라.

은빛같은 실버들

울타리 가에 상냥히 머리 숙이고
먼발에 개짖는 소리 속에서
이 부정(不淨)한 시체(屍體)를 묻을 것이다.

호수(湖水)가에는
키를 나린 달님의 조각배가
가없이 흐르고, 떠나려갈 때……
이래도 러시아는
언제까지나 살어[153] 있고
울타리 가에서 울면서 춤출 것이다.

▶▶▶1915

_____

153) 살아.

# 모스크바의 5·1절

감방으로 돌아오니 아홉시다 지금 크렘린의 시계는
열시를 칠 것이다. 그리고 붉은 마당에서는 행진이 시작
되겠지! 아버지 우리도 같이 갑시다

—율리우스 푸치크

이른 아침부터
큰 거리는 사람으로 가득히 갔다
모두가 모두가
즐거움에 넘쳐
서로 손만 잡으면 춤출 수 있는
흥겨운 발걸음이다

거리거리에는
악대가 지나가고

오케스트라의 울리는
힘찬 행진곡

하늘 높이는
비행기가 떠간다

백금색 제비 같은
저 비행기들은
앞으로 앞으로
크렘린 붉은 마당의 상공으로
스라바 스탈리누
글자를 지으며 날은다

창 앞의 시레네(라이락154))는

밤사이 푸른 잎을 펼쳤다
싱싱하게 물오른
그 가지에는
낯선 들새도 와 앉는
첫 5월 아침이다

어머니 젖줄기 같은
보드라운 햇살을 받으며
저기
붉게 타오르는 이 나라 깃발
높이높이 쳐들은
플래카드의 붉은천

---

154) 라일락

그 사이사이
받들어 올린
레닌 스탈린의 초상을

행렬은 가는 것이다.
크렘린으로—
크렘린으로—
거기
붉은광장
아버지 스탈린이 나오시는 곳으로

스바스카야 시계탑
유랑한 음악이
힘의 대열!

평화의 대열!
정의의 대열인 이 나라 군대의 행진을
재촉할 때에
모든 것은 그저 감격에 싸이고

즐거움에 넘치는
생기에 넘치는
얼굴과 얼굴에
아버지 스탈린 사뭇 기뻐하시면
기쁘신 영수의 얼굴 뵈옵고
팔 젓는 어깨
춤추듯 율동하며
굳이 다물었던 입가에도
저절로 웃음이 벌어지는 이 나라 인민을

아 이처럼 가슴 뛰는 날
나는 병상에 누워 있으나
마음은 어느덧
그리로—
그리로—
붉은 마당의
굳세인 행진에 발을 맞춘다

발자국 소리는
힘차게
힘차게
내 마음속에 울릴 때
나는 불현듯

내 고향 생각과
내 조국 5.1절의 행진과
동무들의 노랫소리가 머리에 떠온다

재작년 서울의 메이데이
지난해 평양의 메이데이
5월의 노래
인민항쟁가
내 머리는 가득해지며
승리의 날 승리의 노래를 외운다

아 나도 이 세상에 태어나
처음으로
마르크스 레닌의 당을 본받는

우리 당
우리 조선 인민의 선봉인
노동당에 몸을 바치어
빛나는 5.1절을 맞음이
이미 세 번째!

해마다 눈부시게
내 안계 넓어만 지는
5.1절이여!
온 세계
인민의 전위들이
발을 구르는 우렁찬 행진 속에서

올해는

위대한 중국
남경의 거리거리에서도
승리의 행진은 벌어지려니
나는 어제날
나의 의사가
신문을 펴 들고 들려준
빛나는 중국의 남경 해방 이야기를
다시금 머릿속에 그리어본다

위대한 중국인민해방군이
남경으로 행군할 때에
그곳의 대학생들은
꽃다발을 드렸다
꽃다발을 받아 들은 병사들은

그래도 쉬지 않고 앞으로
행진하였다

우리를 해방하여 준 형님들이여!
당신들은 또 어디를 가십니까?
그들의 소매를 잡는
학생들에게
병사들은 대답하였다
– 광동으로! 광동으로!

찬란한 승리를 향하는
싸우는
온 세계 인민의
대열 속에서

나는 듣는다

우리의 노래

나도 동무들과 함께 부르던 씩씩한 노래


꿈에도 잊을 수 없는 모스크바의

5.1절이여

아 나는 이처럼

헤아릴 수 없는 많은 사람이

한결같은 즐거움과

한결같은 행복감에

취하여 있는 것을 처음 보았다


찬란한 모스크바의

5.1절이여!

나는 병상에 누워 있으나
내 몸에 넘치는 힘
내 마음에 샘솟는 즐거움
오늘처럼 가득하기는
처음이구나

▶▶▶1949.05.01. 모스크바시립볼킨병원에서

# 모촌(暮村)


추라한 지붕 썩어가는 추녀 위엔 박 한 통이 쇠었다.

밤서리 차게 내려앉는 밤 싱싱하던 넝쿨이 사그라 붙던 밤. 지붕 밑 양주는 밤새워 싸웠다.

박이 딴딴히 굳고 나뭇잎새 우수수 떨어지던 날, 양주는 새 바가지 뀌어 들고 추라한 지붕, 썩어가는 추녀가 덮인 움막을 작별하였다.

# 모화(牟花)

모화야, 모화
저 여자는 제 몸에 고향을 두고
울기만 한다.
환하게 하얀 달밤에
남몰래 피고 지는 보리꽃 모양

# 무인도(無人島)

나의 지대함은 운성(隕星)과 함께 타버리었다.
아직도 나의 목숨은 나의 곁을 떠나지 않고
언제인가 그 언제인가
허공을 스치는 별납과 같이
나의 영광은 사라졌노라


내 노래를 들으며 오지 않으려느냐
독한 향취를 맡으러 오지 않으려느냐
너는 귀기울이려 아니하여도
딱따구리 썩은 고목을 쪼으는 밤에 나는 한걸음 네
앞에 가마


표정 없이 타오르는 인광(燐光)이여!
발길에 채는 것은 무거운 묘비와 담담한 상심(傷心)

천변(川邊) 가차이[155] 가마귀떼는 왜 저리 우나

오늘밤 아── 오늘밤에는 어디쯤 먼── 곳에서

물에 뜬 송장이 떠나오려나

---

155) 가까이.

# 밤의 노래

깊은 밤중에 들려오는 소리는
시냇물 소리만인가 했더니,
어두운 골짜기
노루 우는 소리.
또 가차운156) 산발에 꿩이 우는 소리.
그런가 하면
두견이의, 소쩍새의, 쭉쭉새의,
신음하듯 들려오는 울음소리

아, 저 약하디 약한 미물들이,
또 온 하루를 쫓겨 다니다
깊은 밤 잠자리를 얻어

---

156) 가까운.

저리도 우는 것인가.
아니, 저것이 오늘 하루를 더 살았다는
안타까운 울음소린가
피곤한 마음은 나조차
불을 죽이고 어둠 속에 누웠다.

깊은 밤중에 들려오는 소리는
시냇물 소리만인가 했더니
잠결에도 편안하지 못하고
흐느껴 우는 소리……
이처럼 약하디 약한 무리는
아, 짧은 하룻밤의 안식도 있지는 못한가
외저운[157] 마음은 나조차
불까지, 아 이 적은 불빛이 무엇이겠느냐.

차라리 어둠으로 인하여 가벼워지는 마음이여!
만상은 모두가 잠들었나 했더니
먼발의 노루며
아 소쩍새, 쭉쭉새, 또 두견이
그러나 이들이 운다는 것은
나의 생각뿐이고
그들은 어려운 하루하루를, 무사히 살았다는 즐거움
에서……
참으로 즐거움에서 부르는 노래라 하면……
나의 설움이여! 아니 나의 마음이여!
너는 어찌 하느냐.

---

157) 외로운.

# 벽보

동무가 왔다

숨소리를 씨근거리며

큰 거리를 마음 놓고 다니지 못하는 것은 시골서 온 동무다.

또 다른 동무가 온다.

또 다른 동무는 앞서 온 동무의 아내가 죽은 것을 알리어준다.

앞서 온 동무는 또 다른 동무의 삼촌이 죽은 것을 말한다.

그러나 동무들은 자기의 설움을 말한 것은 아니다.

비 오듯 하는 총알 사이로

동무들이 이 머나먼 곳을 찾아온 것은

결단코 쫓겨온 것이 아니라

잠시, 이 넓은 서울에서도, 아니 발 닿은 곳마다

모든 동무들의 자기와 같은 움직임에
용기를 돕고자 함이다.
자 무엇이 제일 외치고 싶은 말이냐
외마디 소리라도 외치고 싶은 말을 하여라
그리하여 우리는 먹을 간다.
붓을 든다.
종이를 편다.
하나하나 연결된 우리들의 핏줄이 죽어나갈 때
이것으로는 나의 젊음이 참을 수 없다.
그러나 우리들의 이성은 이것을 참는다.
어둠을 타서 벽보를 붙인다.
멀리 파출소 앞에서는 총끝에 칼을 꽂은 순경이 섰다.
시골서 온 동무의 눈초리는
총소리를 들은 늑대와 같이 불이 흐른다.

풀칠을 했는가

음,

도리어 내가 한눈을 팔았구나.

풀칠을 했는가

음,

도리어 내가 한눈을 팔았구나.

벽보는 한장 한장 온 거리의 담을 차지한다.

이 벽보는 아침이 있는 사람만이 보는 것이다.

먼동이 트기 전부터 일하러 가는 사람 우리의 동무들

이 벽보는

아침을 밤으로 삼는 무리들을 위한 것은 아니다.

한 동무의 외침이

만 사람의 소리 없는 아우성으로

우리는 다만 틔워오는 먼동을 위하여 벽보를 붙인다.

풀칠을 했는가
음,
도리어 내가 한눈을 팔았구나.

# 변강당의 하룻밤

—하바로프스크 크라이 콤 강사실에서


넓은 방 다사롭고도
엄숙하여라

높은 벽에는
스탈린
몰로토프
두 분의 초상과 말씀이 걸려 있는데
그 옆엔 서서 있고나

언제나 너그럽고
그러나 영매하신
레닌 선생
그 조상(彫像)이 —

모든 사람의 말
조용히 귀담아들으시는 듯!

이곳은 하바로프스크
변강 땅
간악한 일본의 무장 간섭과
콜차크 반도(叛徒)를 내몰아 쫓은
혁혁한 승리의
원동(遠東) 씨비리당

나는 말한다
수줍은 마음으로
사랑하는 나의 조국
오늘의 행복을……

긴 탁자에는
다 각기 새하얀 종이와 연필이
놓여 있는데

여기
한없는 투지에 넘치는
손으로
무엇을 적으시는
레닌의 반신흉상(半身胸像)
다시 옆에 계셔라

오늘의 우리 조국
모범 노동자

그리고
더운 피 흘리는 유격대!
우리의 선봉들이여!

전에는 속절없는
통분만이
원수에게 불붙던 가슴
아 오늘
그대들 자랑으로

아니 모든 그대
조국의 건설과 투쟁을
한길로 치닫게 하는
우리 노동당

오 이 커다란 힘으로
이곳을 본받는
우리들의 마음
더욱더 미더워진다

조국이여!
내일을 향하여 발돋움하는
인민 주권의 새 나라!
목숨으로 사랑하는 당신이여!

나는 이 자리에 섰습니다
아무 때이고
뜨거운 가슴
우리에게 펼쳐주는 소련의 애정

오 이 현란한 자리에……


혹간 싹 - 하고
연필 굵히는 소리여!


빛나는 태양인
레닌
스탈린의 아들딸
그리며 다시 이분들의 뒤를 따르며
찬란한 씨비리의 건설을 이끄는
볼셰비키들!


큼직한 유리잔에
몇 차례 냉수를

갈아 부으며
나의 머리 가득히 떠오는 것은
조국을 사랑하는 인민들!

그대들로
그대들이 살고 있는 강산으로
이 마음 더욱더 맑아가누나

▶▶▶1948.12

# 병든 서울

8월 15일 밤에 나는 병원에서 울었다.
너희들은 다 같은 기쁨에
내가 운 줄 알지만 그것은 새빨간 거짓말이다.
일본 천황의 방송도,
기쁨에 넘치는 소문도,
내게는 곧이가 들리지 않았다.
나는 그저 병든 탕아로
홀어머니 앞에서 죽는 것이 부끄럽고 원통하였다.

그러나 하루아침 자고 깨니
이것은 너무나 가슴을 터치는 사실이었다.
기쁘다는 말,
에이 소용도 없는 말이다.
그저 울면서 두 주먹을 부르쥐고

나는 병원에서 뛰쳐나갔다.

그리고, 어째서 날마다 뛰쳐나간 것이냐.

큰 거리에는,

네거리에는, 누가 있느냐.

싱싱한 사람 굳건한 청년, 씩씩한 웃음이 있는 줄 알
았다.


아, 저마다 손에 손에 깃발을 날리며

노래조차 없는 군중이 만세로 노래부르며

이것도 하루아침의 가벼운 흥분이라면……

병든 서울아, 나는 보았다.

언제나 눈물 없이 지날 수 없는 너의 거리마다

오늘은 더욱 짐승보다 더러운 심사에

눈깔에 불을 켜들고 날뛰는 장사치와

나다니는 사람에게
호기 있이 먼지를 씌워주는 무슨 본부, 무슨 본부,
무슨 당, 무슨 당의 자동차.

그렇다. 병든 서울아,
지난날에 네가, 이 잡놈 저 잡놈
모두 다 술 취한 놈들과 밤늦도록 어깨동무를 하다시피
아 다정한 서울아
나도 밑천을 털고 보면 그런 놈 중의 하나이다.
나라 없는 원통함에
에이, 나라 없는 우리들 청춘의 반항은 이러한 것이었다.
반항이여! 반항이여! 이 얼마나 눈물나게 신명나는
일이냐

아름다운 서울, 사랑하는 그리고 정들은 나의 서울아
나는 조급히 병원 문에서 뛰어나온다.
포장 친 음식점, 다 썩은 구루마에 차려놓은 술장수
사뭇 돼지구융[158]같이 늘어선
끝끝내 더러운 거릴지라도
아, 나의 뼈와 살은 이곳에서 굵어졌다.


병든 서울, 아름다운, 그리고 미칠 것 같은 나의 서울아
네 품에 아무리 춤추는 바보와 술 취한 망종이 다시
끓어도
나는 또 보았다.
우리들 인민의 이름으로 씩씩한 새 나라를 세우려 힘

---

158) 구융: 소나 말 따위의 가축들에게 먹이를 담아 주는 그릇.

쓰는 이들을⋯⋯

그리고 나는 외친다.

우리 모든 인민의 이름으로

우리네 인민의 공통된 행복을 위하여

우리들은 얼마나 이것을 바라는 것이냐.

아, 인민의 힘으로 되는 새 나라


8월 15일, 9월 15일,

아니, 삼백예순날

나는 죽기가 싫다고 몸부림치면서 울겠다.

너희들은 모두 다 내가

시골구석에서 자식 땜에 아주 상해버린 홀어머니만을

위하여 우는 줄 아느냐.

아니다. 아니다. 나는 보고 싶으다.

큰물이 지나간 서울의 하늘이……

그때는 맑게 개인 하늘에

젊은이의 그리는 씩씩한 꿈들이 흰구름처럼 떠도는

것을……


아름다운 서울, 사모치는,[159] 그리고, 자랑스런 나의

서울아,

나라 없이 자라난 서른 해,

나는 고향까지 없었다.

그리고, 내가 길거리에 자빠져 죽는 날,

'그곳은 넓은 하늘과 푸른 솔밭이나 잔디 한 뼘도 없는'

너의 가장 번화한 거리

---

159) 사무치는.

종로의 뒷골목 썩은 냄새 나는 선술집 문턱으로 알았다.


그러나 나는 이처럼 살았다.

그리고 나의 반항은 잠시 끝났다.

아 그동안 슬픔에 울기만 하여 이냥 질척거리는 내 눈

아 그동안 독한 술과 끝없는 비굴과 절망에 문드러진 내 쓸개

내 눈깔을 뽑아버리랴, 내 쓸개를 잡아떼어 길거리에 팽개치랴.

# 병상일기(病床日記)

## ―오후의 노래

홑이불 새로 시친 침상에 누워

조용히 돌아가는 제 혈맥에 귀 기울이면

아슬한 옛날에 다시 사는 듯

열에 뜬 헛소리로 지난날의 벗을 부를 때

말없이 물수건 축여주는

간호부는 천사의 옷매무새로

내 열이 옮겨진 수은주를 가벼이 뿌린다

자애로운 모습은 담담한 소복을 하고

천사여! 그랬노라 깜깜한 옛날

내, 엄마 소리밖에는 말을 못하던 옛날

아버님이 가셨을 때도 우리들은 이렇게 입었었노라

아니 여느 때에도 그렇게 하였었노라


집집마다 문을 닫은 밤늦게까지

창 옆에 말없이 기대어 서면
아름다운 옛 생각 볼근볼근 머리를 든다
사랑하는 사랑하는 불을 쓰라
그대 다만 밤에게 소곤대는 분수와 같이.

# 병실(病室)


양어장 속에서 갓 들어온 금붕어
어항이 무척은 신기한 모양이구나.


병상의 검온계(檢溫計)는
오늘도 39도를 오르나리고160)
느릿느릿한 맥박과 같이
유리 항아리로 피어오르는 물방울
금붕어는 아득—한 꿈길을 모조리 먹어버린다.


먼지에 끄으른161) 초상과 마주 대하야
그림자를 잃은 청자의 화병이 하나
오늘도 시든 카네이션의 꽃다발을 뱉어버렸다.

---

160) 오르내리고.
161) 그으르다: '그을다(햇볕이나 불, 연기 따위를 오래 쬐어 검게 되다)'의 잘못.

유현(幽玄)한 꽃향기를 입에 물고도
충충한 먼지와 희색의 기억밖에는
이그러지고도[162] 파리한 얼굴.

금붕어는 지금도 어느 꿈길을 따르는가요
책갈피에는 청춘이 접히어 있고
창밖으론 포도알들이 한데 몰리어 파르르 떱니다.

---

162) 일그러지고도.

# 봄

폭풍우(暴風雨)는 지났다.


짓밟히는 낙엽(落葉)에도
사모치는[163] 슬픔은 어리고
나는 새로운 생활(生活)을
첫 꿈꾸는 마음으로 맞이하였다
오늘, 나는
자본론(資本論) 속에서 읽는다
시인(詩人)에는 시인(詩人)의 법칙(法則)이 있다고.


아직도 눈보라는
울부짖고 있으나

---

163) 사무치는.

그것은 벌써 배쩐에 부다치는[164]

물에 뜬 송장과 같은 것이다.

나의 두뇌(頭腦)는

더욱 더 맑어가고[165]

나는 쾌활하고 설량한 다봐리시치.


아까워 마러라[166]

썪어저[167] 스러지는 것에게

저, 미처 날뛰는 눈보라 속에도

수집고[168] 뜻 없는 마음으로

---

164) 부딪치는.
165) 맑아가고.
166) 말아라.
167) 썩어져.
168) 수줍고.

죽을 수 있다면,
나에게 있어
죽엄 또한 근심할 바 못 된다.


오, 지저굴 지저굴 지줄거리는 적은 새들이어!
잘 있었느냐
되똑어리지169) 마라
네가 싫다면
나는 네 날개털을 씨다듬지도170) 않이하련다
너는 너다히171)

---

169) 되똑거리다: 작은 물체나 몸이 중심을 잃고 자꾸 이리저리 기울어지다. 또는
    그것을 자꾸 이리저리 기울이다.
170) 쓰다듬지도.
171) 너처럼.

그냥 울타리에 쉬어라.


우주(宇宙)에는 운행회전(運行回轉)의 법칙(法則)이
있다.
그것은 이 세상의 모든
살고 살려하는 것들을 지배(支配)하는
한개의 엄연(嚴然)한 법칙(法則)이다.


아름다운 새떼여!
뭇 사람들과 같은 하늘을 이고 사는 네가 아니냐.
높은 나뭇가지에
몸을 빗겼다 앉었다[172] 하는 것도

---

172) 앉았다.

훌륭한 너의 권리(權利)다.


추라한 단풍나무여!

잘 있었느냐[173)]

정말로 너를 허수히 여겨 잘못되었다[174)]

저처럼 누데기[175)]를 입히어 미안하고나

그러나 새로운 입성은

벌써 너를 위하야 마련되었다.


네가 재촉치 않어도[176)]

---

173) 있었느냐.
174) 잘못되었다.
175) 누더기.
176) 않아도.

사월(四月)은 초록색 모자를 너에게 씌워줄 것이고
댕댕이 넝쿨은
다시금 부드러운 넝쿨로
네 몸을 안어 주리라.


또 어여쁜 시악씨[177]는
우물의 물을 길어다
네 몸을 씻지 아니하겠느냐
십월(十月)의 매운 바람에도
네가 지지 않도록


그리하야 밤이 되면은

---

177) 색시.

달은 하눌높이 둥실둥실 떠서 오른다
달은,
먼발의 개짖는 소리쯤으론
달은 꺼지지 않었다
그리고 사람들은 저의끼리 피 흘리고 싸울 때,
저 달조차 눈에는 없었든 것이다.

이제는 싸홈도 끝났다
보아라
레몽색(色)의 달빛이
연두옷 입은 나무나무의 우으로[178]
비오듯 퍼부웃는[179] 것을……

---

178) 위로.
179) 퍼붓는.

내 가슴아, 노래 불르라[180]
새로운 감동의 물결을
끓어 올리어
봄의 찬가(讚歌)를 부르라.

대지(大地)여!
너는 쇠철판이 아니다
쇠철판 우에
어떻게 새싹이 눈을 트겠느냐
이거다! 나는 똑바로
책 줄의 말뜻을 받어드렸다[181]

---

180) 불러라.
181) 받아들었다.

그리하야

나는 자본론(資本論)을 이해(理解)한다.

# 봄에서

흙이여!
내가 발 딛고 섰는 우리의 땅
유구한 조상들의 땀과
메마른 시체를
그리고
기름진 압제자의, 반역자의
더러운 몸채를 받고도
말없이 티끌로 돌이키는
오, 흙이여!

어느덧 고향은 궁박해
큰 냇물 강줄기는
그 험악한 모랫바닥을 내놓고
나는 발바닥에 몹시는 박히는 자갈길을 밟으며

갑작스러이 더해가는

옛길을 걷는다

산이여!

아니 이제는 떼잔디도 없는

시뻘건 흙뭉텡이[182]여!

고향 사람은

언제부터였는가

기름진 잔디와 작은 풀벌레

그 작은 그늘에 조을게 하던

다박솔[183]까지도 베어 때어서

해방이 준 두 해 겨울에

그렇다! 너까지

---

182) 흙뭉텅이.
183) 다복솔(가지가 탐스럽고 소복하게 많이 퍼진 어린 소나무)의 북한어.

아 너까지
옥에서 억울한 나달을 보내는 나의 형제와 같이
시빨걸게[184) 머리를 깎이었구나

그러면 고향의 하늘이여!
유구한 세월을 두고
휘양창[185) 맑고 푸른 너의 날세는 무엇을 길러왔느냐
보아라 나와 나의 동생과
또 우리의 모든 동무들은
다만 펑퍼짐한 가슴, 작은 총알이 맞기 좋은 넓은 가
슴을 헤치고
옳은 일을 위하여 일어섰다

---

184) 시뻘겋게.
185) 휘영청.

수돌이는 감격한 어조로 말한다.


이놈아 이놈아
썩어빠진 싯줄이나 쓴다고
내 고향 순량한 동무는
너를 덮어놓고 동무로 여기지 않느냐
그리하여 이 나는 우는 것이다
오 이 시꺼먼 손
땀에 배인 때에 절은 입성의 냄새
나는 미리부터 뒹굴고 싶은 감정이다


흙이여!
고향의 봄이여!
그래도 너는 이 속에 물이 오르고

동넷집 기울어가는 울타리 밑에도
억울한 무덤이 나날이 늘어가는
공동산에도
강파른 떼잔디 속에서
흙이여!
너는 생명의 새싹을 보내주었고
벗이여! 너는 나에게 다시 한 번 용기와 희망을 돋우
어주었다.

# 북방(北方)의 길

눈 덮인 철로는 더욱이 싸늘하였다
소반 귀퉁이 옆에 앉은 농군에게서는 송아지의 냄새
가 난다.
힘없이 웃으면서 차만 타면 북으로 간다고


어린애는 운다 철마구리 울듯
차창이 고향을 지워버린다.
어린애가 유리창을 쥐어뜯으며 몸부림친다.

# 북조선이여

건설의 쇠망치 소리는
우리의 노래
용광로 끓는 가마에
새로 되는 강철이 합창을 한다.

애타게 바라는
우리 조선 우리 인민의
진정한 자유를 향하여
발굽이 떨어지게 달리던
나의 젊음아!
너의 노래는
오늘 여기에서
무진장의 원천을 얻었다.

북조선이여!
너의 벅찬 숨결은
얼음장이 터지는 큰 강물
새봄을 맞이하러
움트는
미더운 생명력!

여기엔
구김 없는 생활과
가리어지지 않은 언론이 있다.

완전한 언론의 자유!
이것은 맑은 거울이다.
이곳에

티 없는 인민의 의사는 비치고
구김 없는 생활
그는 우리 앞에
주마등으로 달린다.

날카로운 쇠스랑으로
살진 흙을 일구는 동무여!
억세인 손으로
보일러를 울리는 동무여!
그대들
넘쳐흐르는 가슴엔
일하는 즐거움이
샘솟고 있을 때,

무연한 산과 들이여!
끝없는 논과 밭이여!
지평에 달리는
기관차와
도시에 수없는 공장들
이거 하나하나가
어느 것이고
인민의 것이 아닌 것이 있느냐

보아라!
살진 땅과 착한 도랑을
이 나라 우리의 땅을
우리는 길이 후손으로 하여금
옛날에는 어찌하여

그것이 놀고먹는 개인의 것이었는가를
이해하기 어렵도록 하여주리라.

아니는
이 땅의 임자인
노동자, 농민이 그려진
우리의 화폐를
내 손에 쥐일 때
우리 앞에 놓여진
민주 북조선 자립경제의 확립을 보고
나는 맹서할 사이도 없이
그저 앞으로만 달리고 싶다.

북조선이여!

우리 인민의 영원한 보람을
키워주고 있는
나의 굳세인186) 품이여!

날아가리라!
천마와 같이
우리의 자랑은
찬란하다 북조선이여!
너는 삼천만 우리의 발판
우리의 깃을 솟구는 어머니 당이여!

---

186) 굳센.

# 불길(不吉)한 노래

　나요. 오장환(吳章煥)이요. 나의 곁을 스치는 것은 그대가 아니요. 검은 먹구렁이요. 당신이요.

　외양조차 날 닮았다면 얼마나 기쁘고 또한 신용하리요. 이야기를 들리요. 이야길 들리요

　비명조차 숨기는 이는 그대요. 그대의 동족뿐이요. 그대의 피는 거멓다지요. 붉지를 않고 거멓다지요. 음부 마리아 모양, 집시의 계집애 모양.

　당신이요. 충충한 아구리187)에 까만 열매를 물고 이브의 뒤를 따른 것은 그대 사탄이요.

　차디찬 몸으로 친친이 날 감아주시요. 나요. 카인의 말예(末裔)요. 병든 시인이요. 벌(罰)이요. 아버지도 어

---

187) '아가리'의 북한어. 무엇을 집어삼켜 없애는 것을 비유적으로 이르는 말.

머니도 능금을 따먹고 날 낳았소.


　기생충이요. 추억이요. 독한 버섯들이요.

　다릿──한 꿈이요. 번뇌요. 아름다운 뉘우침이요.

　손발조차 가는 몸에 숨기고, 내 뒤를 쫓는 것은 그대
아니요. 두엄자리에 반사(半死)한 점성사, 나의 예감이
요. 당신이요.


　견딜 수 없는 것은 낼룽대는 혓바닥이요. 서릿발 같은
면돗날이요.

　괴로움이요. 괴로움이요. 피흐르는 시인에게 이지의
프리즘은 현기(眩氣)로웁소.

　어른거리는 무지개 속에, 손가락을 보시요. 주먹을
보시요.

남빛이요 —— 빨갱이요. 잿빛이요. 잿빛이요. 빨갱
이요.

# 붉은 기

환하게 트인 하늘에
붉게 타오르는 진홍의 깃발!

내
뒤끓는 가슴이
한 아름의 희망 넘치는 꿈으로
국경에 가차웠을[188] 때

두만강 건너
누구보다 먼저 손 저어준 것은
그대 붉은기!

자유를 위한 오래인 싸움에서

---

188) 가까웠을.

피로 물든 이 깃발
원수와의 곤란한 싸움에서
영광과 승리로 나부끼는
이 깃발!

나는 본다 너에게서
사회주의 조국의 긴 역사와
이 나라의
소비에트 세상의 씩씩한 얼굴을

그것은 그대였다

내
뜨거운 흥분이
기창(機窓)189)을 부비며 이 나라 수도(首都)

힘찬 평화의 서울인
모스크바를 살필 제

나는 여기서도
제일 먼저 보았다
양털 같은 구름 사이로
온 천하에 손 젓는
그대
붉은 깃발을

기!
　　기!
　　　　붉은 기!

---

189) 비행기의 창.

세계가 사랑하여 부르는
인민의 기
　　붉은 깃발은
기!
　　기!
　　　　붉은 기!
우리들이 목타게
부르는
　　　　전사의 깃발은


아 저곳
높은 성탑(城塔) 위
붉은 별들 빛나는 사이로
불타는 의지의
　　　　소련 깃발은

크렘린
최고 소비에트 지붕 위에
높이높이 나부끼고 있도다

새 역사
찬란히
꽃 피어오르는
공산주의 행복의 동산이여!

이 나라 찾아온
내 가슴
높은 하늘에 퍼덕이는
너와 같으니

나는 보았다
너에게서
거세찬 인민의 힘,
　그리고 또
이것을 이끄는
그대들 볼셰비키당의 빛나는 모습을

기!
　기!
　　붉은 기!

너
모스크바에서
씨비리 끝까지
그 속의 금별

인민들을 이끌어
공산주의에의 길로 부르며

하늘을 찌르는
높은 집과 집 위에
망치와 낫
높이 쳐들은 노동자와 농민의
조각(彫刻)들이 서 있는 나라

그대
붉은 깃발은

아 오늘도
뜨거운 혁명의 기

빛나는 노농의 기
그대는 그대로
찬란한 이 나라 국기이도다


모두 다 부르는구나
힘차게
손 젓는구나
온 세계를 향하여
오 이 기, 정의의 깃발은,


나도 노래 부른다
신생하는
억만의 가슴이
꿈으로 간직하는
자랑으로 여며두는 모스크바

그 한가운데서

나는 노래 부른다
퍼덕이는 너의 마음을
뜨거운 가슴
다함없는 사랑으로……

▶▶▶1949.02

# 붉은 산

가도, 가도 붉은 산이다.
가도 가도 고향뿐이다.
이따금 솔나무숲이 있으나
그것은
내 나이같이 어리고나.
가도 가도 붉은 산이다.
가도 가도 고향뿐이다.

# 붉은 표지의 시집

장미처럼 붉은
가죽 표지의 시집
레닌 중앙박물관에서
본 시집
거룩하신 이의 젊은 시절에
어디엔가 머릿속에 남아 있었을
그 속의 시편!

장미처럼
붉은 표지의 시집
그이의 손이 이르러
영광으로 채워진
네크라소프의 시집

▶▶▶1949.03

# 비둘기 내 어깨에 앉으라

―그리하여 내 마음에 평화로운 짐을 지우라

그리움이여 속절없노라, 멀리 바라옴이여……
깊은 농 속에 숨겨둔 향료와 같이
아, 그대 또한 흔적 없이 사라지려나

멀리서 오라. 아니 다만 먼 곳에 있으라.
이처럼 바라는 나의 마음이
복받치는 사랑이었든, 설움이든
끝없이 이끌리는 안타까움에
언제나 내 마음은 아름다웠다.

다가서라. 나의 비둘기
한동안
작은 새야 너 어디로 어디로 날 찾아왔느냐
이제는 내 노래의 샘이 막히고

이제는 내 노래에 아무도 귀 기울이지 아니하노라.


아침 이슬 밟고 오는 고 빨간 다리
비둘기 나와 함께 거닐자
깊은 밤 우리들 잠든 새에도
거리엔 낙엽이 졌어라.


입 맞추라 비둘기!
사랑하는 이의 이마에, 나의 뺨에, 나의 목에,
그리고 나의 가슴에……
니들 사랑에 못 이겨 구 구 구 울듯이

# 비행기 위에서

이제방금
하바로프스크 상공을 떠나는
비행기 아래에는
먹먹한 들판
힘차게 굼틀거리는
아무르 강!

다시 무트레하게 흐르는
강물을
따라가면
송화강 번히 흐르는
저 끝이 동북(東北) 땅

높은 하늘에서는

한결같아라
씨비리와
동북 만주벌
이마를 맞대인 소련과 중국 땅이여!

더 더 멀리 저 지평 끝
아물아물한 곳에는
우리 강산도
맞닿았으려니

나도 오늘은
우리 공화국 여권을
가슴에 지닌
자랑스런 젊은이

기수(機首)는 흔들리지 않아도
가슴 설레이나이다
오 위대한 나라
소비에트여!

이제는 저 넓은 들
훨씬 더 멀리
대륙을 뒤덮어
이게 모두가
진정한 민주 국토들 −

비행기는 하늘 끝
권운층의

위로
한가히 날아도

뭉게뭉게 피어가다
이제 아주 굳어지는 구름 천지여!
나도 오늘은
어엿한 새 나라 공민이란
개운한 마음

그러기에 온 시야를 모두 덮은
저 구름마저
나에게 안기는
꽃다발이라

32인승
경쾌한 여객기 안에는
끓는 차(茶)의
진한 내음새

방 안은 한집안 같은
화기 가운데
바쁜 나랏일로
비행기에 날으는 이곳의 일꾼들!

우리는 이렇듯 한자리에
따뜻하니 차를 나누며
취하는 듯 앞날을 꿈꾸는도다

구름 위에 날오는
비행기!
비행기는 안온히
프로펠라 소리뿐

기창(機窓)에는
가없이 펼쳐지는
구름 천지
아득히 끝이 없는
씨비리 평원

▶▶▶1948.12

# 산골

　사랑하는 이여 뺨을 대이라 메마른 산골 외로이 핀
저 꽃에……
　희디흰 바탕은 짧은 민들레물이 어리어
　끝없이 애처롭지 않은가
　누이야 또 내 사랑하는 사람아

　그때는
　추석마다 새옷 입고 우리 모두 아버님 산소에 성묘하
던 일
　지금도 이 길에 저 꽃은 말없이 피었다.

　온 철기를 아침마다 새로 피고 새로 피는 꽃 모양
　너와 나 마음 조이는 꿈길에 불타오르며
　적빈한 가난과 괴롬 속에 오히려 불평도 없이

꽃망울들 바람에 흔들리듯 조용조용 살지를 아니하느냐
무에라[190] 불렀더라 그대여 생각하는가
이제는 이름조차 잊혀가는 여기 이 꽃을……


마음속에 안으라. 어린 아내야
숨타는 입을 다물고 네 향그런 모든 것에 묻히어보라
오가는 길손마다 입맞추는 보드라움같이 이를 맞이하
는 산과 들
머잖은 객지에 살고 있으며
닫다가도 고향에 들를 수 있는 몸
아 너와 나 얼마나 타고난 복력(福力)에 즐거워야 하
는가. 가득해야 되는가.

---

190) 무엇이라.

# 산협(山峽)의 노래

이 추운 겨울 이리떼는 어디로 몰려다니랴.
첩첩이 눈 쌓인 골짜기에
재목을 싣고 가는 화물차의 철로가 있고
언덕 위 파수막에는
눈 어둔 역원이 저녁마다 램프의 심지를 갈고.

포근히 눈은 날리어
포근히 눈은 나리고[191] 쌓이어
날마다 침울해지는 수림(樹林)의 어둠 속에서
이리떼를 근심하는 나의 고적은 어디로 가랴.

눈보라 휘날리는 벌판에

---

191) 내리고.

통나무 장작을 벌겋게 지피나
아 일찍이 지난날의 사랑만은 따스하지 아니 하도다.

배낭에는 한줌의 보리이삭
쓸쓸한 마음만이 오로지 추억의 이슬을 받아마시나
눈부시게 훤한 산등을 나려다보며
홀로이 돌아올 날의 기꺼움을 몸가졌노라.

눈 속에 싸인 골짜기
사람 모를 바위틈엔 맑은 샘이 솟아나고
아늑한 응달녘에 눈을 헤치면
그 속에 고요히 잠자는 토끼와 병든 사슴이.

한겨울 나린 눈은

높은 벌에 쌓여
나의 꿈이여! 온 산으로 벋어나가고
어디쯤 나직한 개울 밑으로
훈훈한 동리가 하나
온 겨울, 아니 온 사철
내가 바란 것은 오로지 따스한 사랑.

한동안 그리움 속에
고운 흙 한줌
내 마음에는 보리이삭이 솟아났노라.

# 살류트

축포를 올린다
모스크바의
밤하늘에

상승(常勝) 붉은 군대
빛나는 창건의 밤에도

큰 바다로 물결치는
5.1절의
즐거운 밤에도

오 찬란한 승리와
새로운 평화
찾아온

밤과 밤에

축포는
나라 불타는 꿈인 양
온 하늘에
솟아오른다

살류트여!
살류트!
모스크바의 하늘을
오색 꿈으로 수놓는 이름다운 그림아

너를 꽃피우는
웅장한 저 불길!

저 불길
하나하나이
언제나 네 앞에 다가서는 모든 적
평화와 인류의 원수들을 물리쳤는가!

붉은빛! 푸른빛!
전진(戰陣)에서는
진격과 집결을 명령하던
맹렬한 저 포화!

아 네 이 밤에는
탐조등이 꾸며주는
꽃뭉치 꽃수레 위에
평화의 총진격과

행복의 총집결을 울부짖는가!


축포! 축포! 울려라
천지가 진동하도록……


축포! 축포!
울려라
온 하늘이 가득 차도록……

▶▶▶1949.05

# 상렬(喪列)

고운 달밤에
상여야, 나가라
처량히 요령 흔들며

상주도 없는
삿갓가마에
나의 쓸쓸한 마음을 싣고

오늘 밤도
소리 없이 지는 눈물
달빛에 젖어

상여야 고웁다
어두운 숲 속
두견이 목청은 피에 적시어……

# 석두(石頭)<sup>192)</sup>여

## —6.10날을 맞으며

석두여!

쇠망치로 사뭇 내리패어도

끄떡없는 머리

나는 동무를 찾아

화석(化石)된 사람들의 사이를 헤매고 있다

무엇을 원망하겠는가 이마적

저 하나의 예린 의지를 살리기 위하여서도

아주 가차운<sup>193)</sup> 이마적은

스스로 제 머리를 돌로 만드는 동무들

많지 않은가이


4월 17일

---

192) 돌대가리(몹시 어리석은 사람의 머리를 비유적으로 이르는 말).
193) 가까운.

5월 30일
6월 10일
자꾸 날이 갈수록
무식하던 나까지 눈물로
이날을 맞았다

나는 왜 우느냐
그리고 나는 왜 괴로워하느냐 차라리
아 차라리 내 머리도 굳어질 수는 없는 것일까?

석두여!
쇠망치로 사뭇 내리패어도 끄떡없는 머리
나는 동무를 찾아
화석 된 사람들의 사이를 헤매고 있다.

# 석양(夕陽)

보리밭 고랑에 드러누워
숫치는 종다리며 떠가는 구름장이며
울면서 치어다보았노라.


양지짝194)의 묘지는
사랑보다 따스하구나


쓸쓸한 대낮에
달이나 뜨려므나
죄그만 도회의 생철 지붕에……

---

194) 양지쪽.

# 선부(船夫)의 노래

커피 한 잔에 온 밤을 흥분한다.
죄그만 계집애를 보는 눈의 피로함이여! 싫다!
  하건만 의지 없는 마음은 무거워 무거워 쇠갈구리 닻
모양, 회한의 구렁에 가라앉았고.


이 밤이여! 밤이여!
풍염(豐艶)한 멜로디와 춤에 얼리어
분별없는 스텝은 쇠약한 마음을 함부로 짓밟으며
견딜 수 없는 괴로움이 축음기 바늘처럼 돌아가도다.


발길에 채이는 권태로다.
슬픔과 슬픔이 조약돌이여!
커피 한 모금에 목을 축이어
이제 나는 누구와 비애를 상의해 보랴
싫다!

젊음의 의기와 만용을 낭비한 다음
쇠잔한 마음속에 나의 청춘은 떠나갔거늘
배를 젓는 사공이여!
씩씩한 사람이여!
비린내에 젖은 어포(漁浦)에 표류하여 온 청춘의 항로
를 그르치었고,
녹슬은 닻, 회한의 쇠갈구리는 어두운 해저에 잠기었
거늘

우중충한 커피잔이여!
맑은 적 없는 붉은 다수(茶水)여!
누가 나의 녹슬은 회한의 닻을 감아올리랴
하룻날의 일과를 찻잔을 계산해 오며
스스로이 제 마음도 속여오거늘.

# 선부(船夫)의 노래 2

안정할 줄 모르는 동물들의 애달픔이여!
뛰돌아다니는 사지의 고달픔이여!
온밤
등 한 송이를 밝히지 않고 쇠잔한 마음이 나무뿌리처
럼 어두운 고적 속으로 벋어나도다

울커니 나도 배 안의 사람
화초분과 같은 우수 속에 너는 뿌리를
돋궈보느냐?

야심의 거대한 아궁지에 석탄을 욱여넣으며
사나운 물결과 싸워오기에
너의 피와 너의 땀은 찜질한 너의 터러귀를
거세게 키워놨으니

본시 너는 바다를 찾아왔더냐,
본시 너는 바다로 쫓겨왔느냐!
다음 항구의 잔인한 쾌락을 찾아
피곤한 몸을 기중기로 달아올리고
한밤!
침침한 선창에서 너는 도박을 하여봤느냐?

이등선실에서는 병든 학과 같이 목이 가는 귀공자가
갑판으로 걸어 나오며
비린내나는 달빛 아래에 울고 있었다
너는 울어봤느냐!

암말도 않고 타구를 내어밀으면
귀공자는 토하여 보고

또 그는 바다로 뛰어들었다

항구가 가차이 밤이 무더워지면
사막으로 통하는 자오선의 흰 그림자
사공이여! 쫓겨온 사람
인도와 아라비아인의 두건이 더위에 늘어붙는다

욱여 타오르는 화구(火口)와 체온 속에서
너는 어떠한 정열을 익혀왔드뇨?

얼굴이 검은 식민지의 청년이 있어
여러 나라 수병이 오르내리는 저녁 부두에 피리 부으네
낼룽대는 독사의 가는 혓바닥을 달래보네

잠재울 수 없는 환락이여!
병든 관능이여!
가러귀처럼 검은 피를 토하며
불길한 입가에 술을 적시고
　아하 나는 어찌 세월의 항구 항구를 그대로 지내왔드
뇨?

# 성묘하러 가는 길

솔잎이 모두 타는 칙한 더위에
아버님 산소로 가는 산길은
붉은 흙이 옷에 배는 강퍅한 땅이었노라.

아 이곳에 새로운 길터를 닦고
그 위에 자갈을 져나르는 인부들
매미소리, 풀기운조차 없는 산등성이에
고향 사람들은 또 어디로 가는 길을 닦는 것일까.

깊은 골에 남포소리, 산을 울리고
거칠은 동네 앞엔
예전부터 굴러 있는 송덕비.

아버님이여

이런 곳에
님이 두고 가신 주검의 자는 무덤은
아무도 헤아리지 아니하는 황토산에, 나의 가슴에……

무엇을 아뢰이러 찾아왔는가,
개굴창이 모두 타는 가뭄더위에
성묘하러 가는 길은 팍팍한 산길이노라.

# 성벽(城壁)

　세세전대만년성(世世傳代萬年盛)하리라는 성벽은 편협한 야심처럼 검고 빽빽하거니. 그러나 보수(保守)는 진보를 허락치 않아 뜨거운 물 끼얹고 고춧가루 뿌리던 성벽은 오래인 휴식에 인제는 이끼와 등넝쿨이 서로 엉키어 면도 않은 턱어리처럼 지저분하도다.

# 성씨보(姓氏譜)

—오래된 관습(慣習)──그것은 전통을 말함이다

내 성은 오씨(吳氏). 어째서 오가(吳哥)인지 나는 모른다. 가급적으로 알리어주는 것은 해주로 이사온 일청인(一清人)이 조상이라는 가계보의 검은 먹글씨. 옛날은 대국 숭배를 유 ── 심히는 하고 싶어서, 우리 할아버니는 진실 이가(李哥)였는지 상놈이었는지 알 수도 없다. 똑똑한 사람들은 항상 가계보를 창작하였고 매매하였다. 나는 역사를, 내 성을 믿지 않아도 좋다. 해변가으로 밀려온 소라 속처럼 나도 껍데기가 무척은 무거웁고나. 수퉁하고나. 이기적인, 너무나 이기적인 애욕을 잊으려면은 나는 성씨보(姓氏譜)가 필요치 않다. 성씨보와 같은 관습이 필요치 않다.

# 성탄제(聖誕祭)

산 밑까지 나려온 어두운 숲에
몰이꾼의 날카로운 소리는 들려오고,
쫓기는 사슴이
눈 우에 흘린 따듯한 핏방울.

골짜기와 비탈을 따라나리며
넓은 언덕에
밤 이슥히 횃불은 꺼지지 않는다.

뭇 짐승들의 등뒤를 쫓아
며칠씩 산속에 잠자는 포수와 사냥개,
나어린195) 사슴은 보았다

---

195) 나이어린.

오늘도 몰이꾼이 메고 오는
표범과 늑대.

어미의 상처를 입에 대고 핥으며
어린 사슴이 생각하는 것
그는
어두운 골짝에 밤에도 잠들 줄 모르며 솟는 샘과
깊은 골을 넘어 눈 곳에 하얀 꽃 피는 약초.

아슬한 참으로 아슬한 곳에서 쇠북소리 울린다.
죽은 이로 하여금
죽는 이를 묻게 하라.

길이 돌아가는 사슴의

두 뺨에는
맑은 이슬이 나리고
눈 우엔 아직도 따듯한 핏방울……

# 소

저기 소가 간다.

큰 허리를 온통 동바로 떠가지고 장거리로 끌리어간다.

저 순하디 순한 소는 주인을 받은 것이다.


장거리의 장사꾼들은

저녁상머리에서 이를 쑤시며

저 눈 큰 짐승의 맛을 이야기할 것이다.


잔뼈가 굵도록 다만

혀가 빠지게 부리운 저 소

순하디 순하게 생긴 에미령한 눈

저것은 지금 눈을 끔벅거리며 어딘지도 모르고 끌리어간다.

한번 메 하고
외쳐보도[196] 못한
저 소는 주인을 받은 것이다.
그냥 쟁기를 끌고
숨가쁘게 매질만 받았다면
이 어려운 겨울을
그래도 콩꺼풀과 여물로 편안히 쉴 수 있었을 것을……

저기 소가 간다.
큰 허리를 온통 동바로 떠가지고
그 뒤에는 저 소보다도 순량한 농군들이 채찍질을 하
며 뒤따라간다

---

196) 외쳐보지도.

아 유하디 유한 무리들

　저기 소와 같이 에미령한 눈을 가진 농사꾼은

　주인을 받은 큰 소를 벼르며 벼르며 장거리로 끌고
간다.

　아 저것이 끌려가는 소고 끌고 가는 농사꾼이다.

# 소야(小夜)의 노래

무거운 쇠사슬 끄으는 소리 내 맘의 뒤를 따르고
여기 쓸쓸한 자유는 곁에 있으나
풋풋이 흰눈은 흩날려 이정표 썩은 막대 고이 묻히고
더런 발자국 함부로 찍혀
오직 치미는 미움
낯선 집 울타리에 돌을 던지니 개가 짖는다.

어메야, 아직도 차디찬 묘 속에 살고 있느냐.
정월 기울어 낙엽송에 쌓인 눈 바람에 흐트러지고
산짐승의 우는 소리 더욱 처량히
개울물도 파랗게 얼어
진눈깨비는 금시에 내려 비애를 적시울[197] 듯

---

197) 적실.

도형수(徒刑囚)[198]의 발은 무겁다.

---

198) 예전에, 도형(徒刑)에 처해진 죄수.

# 손주의 밤

들창 박게는

어둠과 치위가 둘러싸고 있는데

늙은 하라버지[199]는 손주의 집세기를 삼고

어제까지 소리를 내어

가에다 기억하면 각하고 가에다 니은하면 간하고 외

우치던[200] 손주아이가

오늘은

우리들 우리들 그리고 동무 동무 하고 외운다.

우리들 우리들은 무엇이고

동무 동무는 무엇이냐

평생을 두고 농사만 짓든 사람이

이제는 떼를 지어

---

199) 할아버지.
200) 외치던

밤에도 산속에서 통나무를 집히고
아베와 형들은 언제나 도라올건가[201]
아베나 형들은 어느 때나 돌아올 수 있을가
온종일 산ㅅ 발을 헤치고 다니며
망태기에 가랑입[202]을 긁어온 손주아이는
그 불 땐 방에서 마음조차 안뇌이는 공부를 하다가
선생이 돌아가면
그대로 누어서 이불도 없이 새우잠이 들을 것이다
온 집안이 뼈가 빠지게 논밭은 가꿔도
삼동을 모두가 포대기 하나 없이 살어가는[203] 이 집안
손주아이마저 원망스러운 목청으로 힘을 돋구어

---

201) 돌아올건가.
202) 가랑잎.
203) 살아가는.

우리들 우리들 그리고 동무 동무하고

외우치는 이 소리는 무슨 뜻이냐

들창박게는204)

어둠과 치위가 애워싸고 있으나

석가래도 얕은 방안에는 등잔불을 켜놓고 화루를 두
루고

늙은 할아버지는 억울한 심사를 누르며

손주의 집신을 삼고

손주의 눈초리는 독수리의 눈으로

새로 새로 나타나는 글자와 거기에 나타나는 말뜻을
찾는다.

▶▶▶자유신문(自由新聞), 1947.01.01

---

204) 들창밖에는.

# 수부(首府)

—수부는 비만하였다. 신사와 같이

## 1

수부의 화장터는 번성하였다.
산마루턱에 드높은 굴뚝을 세우고
자그르르 기름이 튀는 소리
시체가 타오르는 타오르는 끄름은 맑은 하늘을 어지러놓는다.
시민들은 기계와 무감각을 가장 즐기어한다.
금빛 금빛 금빛 금빛 교착(交錯)되는 영구차.
호화로운 울음소리에 영구차는 몰리어오고 쫓겨간다.
번잡을 존숭(尊崇)하는 수부의 생명
화장장이 앉은 황천고개와 같은 언덕 밑으로 시가도(市街圖)는 나래를 펼쳤다.

## 2

덜크덩덜크덩 화물열차가 철교를 건널 제
그는 포식하였다.
사처(四處)에서 운집하는 화물들
수레 안에는 꿀꿀거리는 도야지 도야지도 있고
가축류—식료품.—원료. 원료품. 재목, 아름드리 소
화되지 않은 재목들—
석탄—중석—아연—동, 철류
보따리 멱대기[205] 가마니 콩 쌀 팥 목화 누에고치 등
거대한 수부의 거대한 위장(胃腸)—
관공용(官公用)의

---

205) 멱서리(짚으로 날을 촘촘히 결어서 만든 그릇의 하나)의 강원 방언.

민사용(民私用)의

화물, 화물들

적행낭(赤行囊)—우편물—

묻어 들어오는 기밀비, 운동비, 주선비, 기업비, 세입비

수부에는 변장한 연공품(年貢品)들이 낙역(絡繹)하였

다.206)


## 3


강변가로 위집(蝟集)한 공장촌—그리고 연돌(煙突)들

피혁—고무—제과—방적—

---

206) 왕래가 끊임이 없었다.

양주장(釀酒場)—전매국……

공장 속에선 무작정하고 연기를 품고 무작정하고 생산을 한다

끼익 끼익 기름 마른 피대가 외마디 소리로 떠들 제 직공들은 키가 줄었다.

어제도 오늘도 동무는 죽어나갔다.

켜로 날리는 먼지처럼 먼지처럼

산등거리 파고 오르는 토막(土幕)들

썩은새에 굼벵이 떨어지는 추녀들

이런 집에선 먼 촌 일가로 부쳐온 공녀(工女)들이 폐를 앓고

세멘의 쓰레기통 룸펜의 우거(寓居)—다리 밑 거적때기 노동숙박소

행려병자 무주시(無主屍)207)—깡통

수부는 등줄기가 피가 나도록 긁는다.


**4**


신사들이 드난하는 곳

주삣주삣 하늘을 찔러 위협을 보이는 고층 건물

둥그름한 주탑(柱塔)—점잖은 높게 뵈려는 인격

꼭대기 꼭대기 발돋음을 하여 소속(所屬)의 깃발이

날린다.

무던히도 펄럭이는 깃발들이다.

씩, 씩, 뽑아 올라간 고층 건물—

---

207) 시체의 주인이 없다.

공식적으로 나열해 나가는 도시의 미관

수부는 가장 적은 면적 안에서 가장 많은 건물을 갖는다.

수부는 무엇을 먹으며 화미(華美)로이 춤추는 것인가!

뿡따라 뿡, 뿡, 연극단의 군악은 어린이들을 꼬리처럼 달고 사잇길로 돌아 나가고

유한(有閑)의 큰아기들은 연애를 애완견처럼 외진 곳으로 끌고 간다.

"호, 호, 사랑을 투우처럼 하는 곳은 고풍이에요."


## 5


쉿 쉿 물러서거라

쉿 쉿 조용하거라

―외국 사신의 행렬
각하, 각하, 각하―
간판이 넓어서 거추장스럽다.
가차이 오면 걸려들면 부상!
눈을 가린 마차마(馬車馬)가 아스팔트 위로 멋진 발
굽 소리를 흥겨워 내뻗는 것도 이럴 때다!


## 6


초대장―독주회 독창회
악성(樂聖)―가성(歌聖)―천재적 작곡가
남작의 아들―자작의 집
수부의 예술이 언제부터 이토록 화미(華美)한 비극이

었느냐!
　향연과 향연
　예술가들이 건질 수 없는 수렁 속으로 빠져 들어가는
일은 슬픈 일이다.



**7**


　여행들을 합니다.
　똑똑하다고 자처하는 사람은
　서울을 옵니다
　영미어(英米語), 화어(華語),[208] 내지(內地)말 조선말

---

208) 중국어.

똑똑하다는 사람들은 뒤리뒤섞어 이야기를 합니다.

돈을 모은 이는 수부로 이주합니다

평안한 성금법(成金法)이외다

조선(祖先)의 토호질한 유산

금광

일확천금 투기—

돈을 많이 모은 사람은 고향을 떠납니다

돈을 많이 모은 사람은 고향을 떠나옵니다.


# 8


박물관—사원—불각 교회당……

뾰족한 피뢰침들

시민들은 이러한 곳을 별장처럼 다닌다
시민들은 이러한 곳을 공원처럼 다닌다
이런 곳에는 많은 남자가 온다
이런 곳에는 많은 여자가 온다
수려한 자연을 피하여 온 사람들
모조된 자연이 있는 공원으로 물리어온다


9


수부는 어느 때 시작되고 어느 때 그치는 것이냐!
카페와 빠는 나날이 늘어가고
제비처럼 날씬한 예복—
대체 이놈의 안조화폐(雁造貨弊)들은 어데서 만들어

내이는209) 것이냐!

　사기—음모—횡령—매수—중혼(重婚)……

　돌이킬 수 없는 회한과 건질 수 없는 비애

　퇴폐한 절망에 젖은 대학생들—

　의사와 의학사

　너들은 푸른 등불 밑에서 무슨 물고기와 같은 우수(憂愁)들이냐!

　하수도공사비—

　도로포장공사비—

　제방공사비—

　인건비 창창(窓窓)이 활짝 열어제치고 잇몸을 드러내고 웃는 중소상업자

---

209) 만들어내는.

중소상인들의 비장한 애교
"어서요 옵쇼 오십쇼"
18간 대로—병립된 가로등—가로수
다람쥐처럼 골목으로 드나드는 택시들—
외길로만 달아나는 전차들 전차는 목적이 없기 때문에
저놈은 차고로 되들어간다
트랙—
모터 사이클 그냥 사이클
무진회사(無盡會社)의 외교원들은 자전거로 다니며
조사에 교통비를 받는다

# 10

대체 저널리즘이란 어째서 과부처럼 살찌기를 좋아하
는 것인가!
광고—광고—광고—화장품, 식료품
범람하는 광고들
메인 스트리트 한낮을 속이는 숙난한 메인 스트리트
이곳을 거니는 신상(紳商)[210]들은
관능을 어금니처럼 아낀다
밤이면 더더더욱 열란(熱亂)키를 바라고
당구장—마작구락부—베비, 골프
문이 마음대로 열리는 술막—

---

[210) 상류층에 드는 장사치, 점잖은 상인.

카푸에―빠―레스트란―차완(茶碗)―

젊은 남작도 아닌 사람들은 왜 그리 야위인 몸뚱이로
단장을 두루며

비만한 상가, 비만한 건물, 휘황한 등불 밑으로 기어
들기를 좋아하느냐!

너는 늬 애비의 슬픔 교훈을 가졌다

늬들은 돌아오는 앞길 동방의 태양―한낮이 솟을 제

가시뻑다귀 같은 네 모양이 무섭지는 않니!

어른거리는 등롱에 수부는 한층 부어오른다


# 11


수부는 지도 속에 한낱 화농된 오점이었다

숙란하여가는 수부—
수부의 대확장—인근 읍의 편입

# 스탈린께 드리는 노래

그는 "올리브나무는 만인을 위해 크는데 무엇 때문에 사람을 모욕하나"라고 말하셨다.

그는 누구나 다 포도주를 마시는 걸 원하시고 그는 아이들이 웃는 걸 원하시었다.

—산초 페리스

스탈린이시여!
당신께 드리는 나의 노래는
울창한 수림 속
작은 새의 노래와 같습니다

그러나 목청을 돋우어 부르는
나의 노래는
전에 없이 자유롭고

전에 없이 즐거우며 씩씩합니다

모든 것은 당신이 주셨습니다
울창한 수림 속 온갖 새들이
넘치는 새 생명과
아름다운 제 깃을 춤추고 노래하듯이

당신은 주셨습니다
우리들에게 찬란한 새날의 노래
인류의 양심이 춤출 수 있는
위대한 스탈린 시대를……

아 오늘 도도히 흐르는
전 세계 인민의 각성 위에서

평화와 자유를 위하는 진격의 깃발 밑에서
내 노래는 불러집니다

그 얼마나 기다려지던 날이었습니까
두터운 얼음장 밑에서도
쉬지 않고 흐르는 큰 냇물같이
불러오던 우리의 노래

오래니 막혔던 가슴 풀고
아 오늘은
아름다운 모국어 빛나는 제 나라 글로
사랑하는 인민 앞에 불려집니다

우리는 노래합니다

당신의 커단211) 발자국
밝은 인류의 새 역사위에
뚜렷이 그어지는 행복의 시대를……

위대한 사회주의 10월혁명이
빛나는 레닌 스탈린의 영도로
승리한 후에
오 이 세상엔 얼마나 큰 승리의 날개가 펼쳐진 것입니까!

나어린 열다섯에서
일흔의 높으신 연세 이르기까지
당신은 얼마나 굳세게 싸우신 것입니까!

---

211) 커다란.

얼마나 찬란히 세우신 것입니까!


오늘 당신이 이끄시는
당신의 조국에서는
자기 당의 유일을 눈동자로 지켜오는
당신의 아들딸이 앞장을 서고


아 오늘 인민이 주권을 찾은 여러 나라와
또한 찾으려는 모든 인민 앞에는
마르크스와 엥겔스 레닌과 당신을 본받는
모든 공산당과 노동당 어디에나 있으니


새날의 합창은 우렁찹니다
온 세상 인민들이 당신을 우러러 받드는 노래!

목청을 돋우는 나의 노래도
거창한 이 숲에서는 작고 또 작은 새입니다

늠름한 새 조선의 발걸음이여!
우리도 오늘은 조국의 초소에 서서
자주와 통일을 위하여
견결히 싸우는 공화국의 한 사람

헤아릴 수 없이 크신 인격의 당신
온 세계 인류의 뜨거운 사랑이신 당신이시여!
우리들에게 자랑이 있는 것 그것은 당원이기에
우리들에게 기쁨이 있는 것 그것은 공화국 인민이기에

나는 노래 부릅니다

즐거운 내 노래 – 그것은 우리 인민이 즐거운 때에
노호하는 내 노래 – 그것은 우리들이
원수를 향하여 용감히 싸워나갈 때 –


스탈린이시여!
당신은 우리들의 노래에 샘을 주시고
당신을 노래하는 우리들의 노래는
더욱더 목청이 높아집니다

▶▶▶1949.07

# 승리의 날

메이데이
남조선에도
두 번을 맞이하는
우리들의 날.

물오른 가지에 봉오리 터져나오듯
이날을 앞서
뿌리치는 단 빗발!
멀리서 찾아온 세계노련의,
공위 속개의,
그리고 또
스물네 시간 파업에서 깨달은
우리의 힘.

식민지에 생을 타고난,
아니
썩어빠진 나라조차 가져보도[212] 못한
우리들 근로하는 동지는
오매에도
아! 찬란한 그 이름

인민의 조국,
인민 그대로의 이름일 내 나라
어서 갖기 위하여
우리는
악덕한 자본가의 밑에서도

---

212) 가져보지도.

우선 공장의 굴뚝을
연기로 채우려 하였다.

동무, 동무,
다시 무엇에 초조할 것이냐.
자나 깨나
망치를 휘둘러
차돌같이 단단하여진 팔뚝과 같이
방동의 불풍구
무쇠가 녹아나리는 도가니를 거쳐온 우리들이
조석으로 다니는 거리
거리는 큰 행길에서 실낱길까지도
아직 우리의 것은 아니어
산등성이에 불붙는 마음을 모으고 있을 때,

보아라!

우리는 눈뜨는 인민의
횃불을 두르는 마음으로
온 서울을 나려다본다.


하 하 하
한테 모이면
이렇게 큰 힘이
콧등을 쥐어질리고
턱주갱이를 치받히고
갈빗대를 분질려가며
무한정
피를 빨리고, 기름을 뜯기는 사람들인가.

아니다.
그러기에 우리는 모였다.
3월 1일의,
6월 10일의,
9월 총파업에서
10월항쟁의,
다시 오늘의,
모두가 흘린 피들은

한 방울도 헛됨이 없어
테러와
간계와
음모와
온갖 억울을 물리치고

날이 가면 갈수록
더욱 커지는
눈뜨는 동무들을 합하여
우리는 오늘 여기에 치민다.

온 세상 사람이 손에 손을 맞잡고
춤을 춘다면
그 춤이 지구를 한 둘레 돌 것이라고
불란서의 시인은 노래했지만
이 노래는 헛되지 않아
올해는
뿔라구에서 열리는
세계노련대회에 초청을 받은
우리의 전평,

그렇다.

수없이 흘리고 간 인민의 피들은 헛되지 않아
온 세상의
근로하는 인민의 눈을 부비고
손에 손을 맞잡아
피 빠는 놈들을 걷어차면
피 빠는 앞잡이를 걷어차면
그때는 얼마나 아름다운 세상일 꺼냐.
그때는 해마다 개운한 날씨일 꺼냐.

# 심동(深冬)

눈쌓인 수풀에
이상한 산새의
시체가 묻히고

유리창이 모두 깨어진
양관(洋館)에서는
샴페인을 터뜨리는 소리가 들려온다.

언덕 아래
저기 아, 저기 눈쌓인 새냇가에는
어린아이가 고기를 잡고

눈 위에 피인 숯불은
빨——갛게

죽음은, 아, 죽음은 아름다웁게213) 불타오른다.

---

213) 아름답게.

# 싸느란 화단(花壇)

싸느란 제단(祭壇)이로다
젖은 풀잎이로다


해가 천명(天命)에 다다랐을 때
뉘 회한의 한숨을 돌이키느뇨


짐승들의 울음이로라
잠결에서야
저도 모르게 느끼는 울음이로라


반추하는 위장과 같이
질긴 풍습이 있어
내 이 한밤을 잠들지 못하였노라

석유 불을 마시라

등잔 아울러 삼켜버리라

미사 종소리

보슬비 모양 허트러진다.214)


죄그만 어둠을 터는 수탉의 날개

싸느란 제단이로다

기온이 얕은 풀섶이로다


언제나 쇠창살 밖으론

떠가는 구름이 있어

야수들의 회상과 함께 자유롭도다


---

214) 흐트러진다.

# 싸베-트 러시아

  폭풍(暴風)은 지났다 소수(少數)의 사람만이 무사하
였다

  정다히[215] 서로 이름 부르던 이들도 적어졌다.

  나는 다시 고향으로

  팔년(八年) 동안이나 돌보지 않든 고향으로 도라왔
다.[216]


  누구의 이름을 불러야 옳으나

  나는 살었다. 이 슬픈 기쁨을 난홀 데는 어디에 있느냐

  저편에는 날개가 부러진 풍차일목제(風車－木製)의
적은 새가

  눈감고 서 있다.

---

215) 정답게.
216) 돌아왔다.

나를 아는 사람은 없구나
모두다 나를 잊어버린 모양이다
옛날 내집이 있든 자리엔
두엄덤이가 되고 쓰레기만 산처럼 쌓였다.

생활(生活)은 뒤끓는 것이다
늙은이의 젊은이의 모든 얼골[217]은 맴돌고 있다.
그 한복판에 나는 서 있다.
모든 눈짜위[218]는 짜증 속에 불타고 있는 것이다.

머리 속에 생각은 미처서[219] 날뛴다

---

217) 얼굴.
218) 눈자위.

고향이란 무엇이냐

이런 것은 다만 환상(幻想)에 그치는 것인가

고향 사람에게 있어서 나는

다만 타관에서 흘러온 동냥아치 같은 것에 지나지 않

는 것일가,


아 나는……

나야말로 이 동리 태생으로

옛날 한 사람의 여편네가

러시아의 방탕한 시인(詩人)을 낳었기220) 때문에

동리도 그 이름을 알려지게 되련만.

---

219) 미쳐서.
220) 낳았기.

마음 안에선 속살거린다

무엇이 너를 굴욕(屈辱)으로 몰어넣었느냐[221]

헐벗은 백성들의 집집에도

새로운 시대를 피워올리는

저 새로운 빛깔을 못 보느냐.


너의 한때는 지났다

새 사람이 새 노래를 부르는 것이다

그들의 마음을 잡는 것은- 벌서 한 개의 촌락(村落)이 아니라

온 대지(大地)가 그들의 어머니다.

---

221) 몰아넣었느냐.

아 나의 고향아, 나는 어쩌면 이처럼 우수광스런[222]
인간이 됐느냐
쭉 빠진 볼에 피끼마저 없이
'시민(市民)'이란 말조차 귀에 거슬린다
제가 난 고장에서도
아 나는 타관 사람 모양 되어버리었구나.


저것을 보아라
신생(新生)의 촌민(村民)들이 옛날 교회(敎會)에 가듯
면(面)싸베 – 트로 몰리어간다
서투른 문자를 써가며
이들도 생활(生活)에 대하여 토론(討論)을 하는 것이다.

---

222) 우수꽝스런.

날이 저문다

어슬푸른 들판에 저녁 노을은

앓은 금박(金箔)의 장미꽃을 뿌리고

그 빛깔이 도랑ㅅ 가의 백양(白楊)나무에 비최어

문앞에 매인 송아지처럼 보일 때,


벌써 얼골에는 죽음끼가 보이는 붉은 군대가

얼골을 찡그리며 지난 이야기에 정신을 판다

부존누이 장군(將軍)의 이야기라든가,

페레코브 탈취(奪取)의 기나긴 이야기를

조금씩 주-짜빼며 지껄거린다.


아 글쎄 우리들은 간신히 그눔<sup>223)</sup>의 데를 빼섯는

데224)……

　그런데 그 뿌르조아놈들이…… 어쩌구 저쩌구……
　단풍나무 가지가 기 - ㄱ 귀를 움추린다225)
　할머니들은 남몰래 어둠 속에서 한숨을 지운다.


　산(山)쪽에서 나려오는 농군출신의 공청(共靑)들
　손풍금(風琴)을 무작정 울리며
　데미얀의 선전가(宣傳歌)를 부르면
　그 소리가 커드렇게226) 산울림친다.

---

223) 그놈.
224) 빼앗았는데.
225) 움츠린다.
226) 커다랗게.

아 여기가 내 고향이다
여기가 나를 낳은 땅이냐
나도 시민(市民)의 벗이라고 얼마나 시(詩) 속에 외쳤
는가
그러나 인제 내 시(詩)는 아모짝의227) 소용도 없다.
사실은 나부터도 쓸데가 없어진 것이 아닐까,

고향의 옛집이여, 용서하여라
그 전날 네게 받히든 모든 힘은 끝났다
이제는 나에게 노래도 청하지 마라.
네가 괴로워할 때
나는 그처럼 노래부르지 아니했느냐

---

227) 아무짝의.

아 나는 모든 것을 받어드린다[228]

있는거 그대로를 받어드린다

마련은 되었다 여러 사람들의 뒤를 따러 나도 가리라

온 정신을 십월(十月)과 오월(五月)로 돌이키자

그러나 사랑하는 리라 나의 풍금(風琴)만은……


사랑하는 리라만은 남의 손으로

어머니에게도 동무에게도 아니 안해[229]에게까지도

돌릴 수 없다

리라만은 몸을 마끼어

나에게만 부드러히[230] 노래 불러주었다

---

228) 받아드린다.
229) 아내.

꽃피어라 젊은이어! 굳건히 살어가거라

너에게는 새로운 생활(生活) 새로운 멜로디가 있다.

나만은 단지 홀로…… 낯설은 국경(國境)을 향하여

떠나가련다.

미쳐서 날뛰는 반역(反逆)의 가슴을 안고

아 영원(永遠)히……


그러나 온 유성(遊星)의 우에

민족(民族)의 원한이 스러지고

부정(不正)과 비참(悲慘)이 없어졌을 때

아 그대야말로 나는 시인(詩人)의 온 정신을 기우려

---

230) 부드럽게.

대지(大地)의 이 제육부(第六部)를 노래하고 찬미(讚
美)하자

'러시아'라는 단적(端的)인 이름 밑에서

▶▶▶1924

# 씨비리 달밤

강 언덕도
푸른 들도
얼음판도
눈에 쌓인
씨비리의 밤에
달이 떴다

행복한 동화 속에
사는 듯
나는 두꺼운 창 밖
넓은 길을 내다본다

휭 - 하니 뚫린 길로
썰매가 간다

썰매 위엔
흰 수염 기다란
노인이 앉았다

깊은 밤
눈 쌓인 넓은 벌의
달 뜬 풍경은
자분자분 돌아가는
은시계를 보고 있는 듯

이윽고
비스듬 건너편
전구공장에서 길게
들려오는 사이렌 소리

지금쯤 창 밖을
이야기 소리 즐거이
지나가는 발걸음은
저곳의
노동자들인가!

은시계의 연한 뚜께[231])가
저절로 열려지며
곱디고운 음악이 들려오듯이
씨비리
희디흰 달밤에

---

231) 두께.

전구공장 삼교대의
사이렌이 울리면

너도나도
스타하노프
자랑과 행복에 넘치는
젊은 남녀는
교교한 밤길로 쏟아져 간다

▶▶▶1949.01

# 씨비리 차창

어떠한 역이냐
지금 이 급행차가
잠시 쉬었다
떠나는 곳은……

온 겨울을
눈 속의 씨비리
불 뿜는 기관차는
오늘도
숱한 찻간을 끌고 달린다

가없는 눈벌에는
아득히 줄지은
흑송림(黑松林)과

백화(白樺)숲!

그마저 눈에 띄는
이곳에서는
정거장 가차울랴면232)
보이는구나!

보이는구나!
얕은 목책(木柵)이 둘러진
　　　　　　　목축장(牧畜場)

철로 가에는

---

232) 가까울려면.

듬성듬성
널려진
보수공(補修工)의 살림집,

예서 얼마 안 가는
머지않은
그곳에 있다는
콜호스여!
새 마을이여!

어느 곳이냐
이 작은 정거장 앞에
무연한 눈벌을
두메로 향하는 썰매길은 나 있고

아 이곳에 내리는
몇 소대, 몇 분대의 병사들
등에는 저마다
가벼운 짐 꾸리고
멀어지는 차창에
손을 젓는다

그대들 내리는구나
꽉 채인
차중의 여러 날을
원산, 청진, 아오지, 내 사랑하는
우리 조국에서 떠나온
그대들은

정녕 이곳에서 내리었구나

섣달
연종(年終)의 추위는 살을 에이는 듯
씨비리 눈벌판에는
함박눈도 얼어서
눈싸라기로 흩어지는데

그대들은
그대들이 해방한
우리 조선이
이제 막 새 나라로
튼튼히
나감을 보고

그대들의 조국으로 돌아왔는가!

깊은 눈 속에
언 땅은 끝이 없어도
공산주의에의 길을
향해 가는
힘찬 호흡에
이곳은 어딘지
봄기운이 돌고 있는 곳-

그대들
자랑 속에 고향 찾으면
두 팔 벌려 맞이하는
그곳 사람들

포옹하는 그대들의 품에서
낯설은 훈패를 보리!

아 그것은
새 나라의 우리들이
보내준
조선해방기념장!
행복한 우리들의 이야기는
곳곳에서 속삭여지리

맴돌듯 뿌려치는
눈싸라기
눈보라 속에

어느덧
썰매길은 덮였다가도
다시 지나가는
썰매들이
길을 내는데
병사들은 헤어진다
저마다 오래인 전진(戰塵) 속에서

▶▶▶1948.12

# 씨비리 태양

가도 가도 끝없는 밀보리 이랑
정오의 태양이
한데 어우러져
이글거리는 들판!

누런 들판은
흠뻑 풍성한
햇살을
마음껏 빨아들일 때

문틋문틋
곡식 익는 냄새에
숨막혀하며
넘치는 가슴의 가득한 기쁨을

근로에 바치는
이 나라 농민은 얼마나 행복들 하랴!

다시 백양나무와
백화숲 둘러선
시냇물을 찾아
수천의 양과 소를 몰고 가는
소년들의 유연한 노래

하늘과 땅이
서로 맞닿아
눈부신 황금색 파도 물결치는
가없는 곳에

즐거운 하루해를 마치고 돌아오는
이곳의 젊은 남녀들
저녁 바람 설렁이는 밀보리 이랑 사이
오솔길에서
주고받을 그들의 사랑

아 오래지 않아
이 넓은 들로
묵직한 콤바인 종횡으로 달리며
또 한 해의 노력을 거두을 때에

그들의 사랑 또한
열매를 맺어
첫눈이 창가에 피뜩이는

이른 시월엔
여기저기 쌍쌍의 결혼식도 벌어지려니

북국의 긴 밤이
이슥토록 울려올
손풍금과 바라라이카에
사바귀 춤들!

이글이글 타고 있는
씨비리 태양
그 아래 펼쳐진
무연한 들판
아 이곳에 함께 불붙는 나의 생명력!

한낮에도 내 마음
넘치는 희열에
취해지도다

# 야가(夜街)

쓰르갯바람은 못 쓰는 휴지쪽을 휩싸아가고

덧문을 척, 척, 걸어닫은 상관(商館)의 껍데기 껍데기
에는 맨 포스터 투성이.

쫙 퍼지는 번화가의 포스터

주보(酒甫)

초저녁 북새통에 갓을 비뚜로 쓴 시골영감

십년지기처럼 그 뒤를 따라 나가는 늙은 좀도적!

음험한 눈자위를 구을리며 쑹덜쑹덜 수군거리는 거지

헌 구두를 훔키어잡고 달아나는 아편쟁이 눈썹이 싯
푸른 청인(淸人)은 훔침훔침 괴춤을 추썩거리며 어둠
밖으로 나온다.

불안한 마음

불안한 마음

생명수! 생명수! 과연 너는 아편을 가졌다.

술맛이 쓰도록 고달픈 밤이라 뒷문이 아직도 입을 다물지 않은 중화요리점에는 강단으로 정력을 꾸미어나가는 매음녀가 방게처럼 삣낙질을 하였다.

컴컴한 골목으로 드나드는 사람들—골목 뒤로는 옅은 추녀 밑으로 시꺼먼 복장의 순경이 굴뚝처럼 우뚝 다가섰다가 사라지고는 사라지고는 하였다.

영화관—환락경. 당구—마작구락부—도박촌.

# 양(羊)

양아 어린 양아
조이를 주마.
어째서 너마저
울안에 사는지

양아 어린 양아
보드라운 네 털
구름과 같구나.
잔디도 없는
쓸쓸한 목책 안에서

양아 어린 양아
너는 무엇을 생각하느냐.

양아 어린 양아
조이를 주마.
보낼 곳 없이
그냥 그리움에 내어친 사연

양아 어린 양아
샘물같이 맑은 눈
포도알 모양 초롱초롱한 눈으로
나 좀 보아라
가냑한 목책에 기대어 서서

양아 어린 양아
나마저 무엇을 생각하느냐

# 어린 누이야

어찌 기쁨 속에만 열매가 지겠느냐.
아름다이 피었던 꽃이여! 지거라.
보드라운 꽃잎알이여!
흩날리거라.

무더운 여름의 우박이여!
오 젊음에 시련을 던지는
모든 것이여!

나무 그늘에 한철 매암이
슬피 울고
울다 허울을 벗더라도
나는 간직하리라.

소중한 것의 괴로움,
기다리는 마음은
절망의 어느 시절보다도
안타까워라.

오 나는 간직하리라.

# 어린 동생에게

술취한 사나이
위태로운 걸음걸이를
부축이듯,
사랑이여! 아니
나를 사랑하는 스승이여! 동무여!
또 나어린 동생아!
너희들이다
—— 몸 가누지 못하는 내 마음을
바른 길로 이끎은……

걷잡을 수 없는 세월 속에서
어린 동생아
너는 강철 같은 규율, 열화 같은 의지에조차
동방(東紡)에서

경전(京電)에서
철도노조에서
화신(和信)쟁의단 속에서,
또
눈에 뵈지 않는 곳곳에서
근로하는 인민들의 눈을 띄우고
그것이 또한 온 인류의 눈을 띄우는 것이기도 할 때
나는
오늘도 보았다

7월 3일 피로 물든
저녁 훈련원 앞에
조선화물
수천의 종업원이 생사의 문제를 위하여

그 속에는
자기의 몸이 화차에 깔리우며
숨이 끊어질 때까지, 정당한 요구를 위하여
싸운 사람이 있다.

육십여 명의 중경상자
총대를 던지고 직업을 팽개치는 사나이
길거리에서 날라온
무수한 유리병
이것이 무엇을 말하는지
아 나어린 동생아
나는 피할 길 없이 후끈거리는 네 입김에 온몸이 바작
바작 마른다

따로 떼어놓고 보면
무한히 어수룩하고
어려보이는 너희들
어데서 나오는 거친 힘이냐

성낸 말같이 너희들을 앞으로 앞으로 달리게 하는 힘이
강철 같은 규율——
불타는 의지라 하면
끝없이 연약한 기운, 예릿예릿한 사랑만이 나를,
몸 가누지 못하는 나를,
그 뒤에 따르게 하는 것이다
아 이처럼 말하려는 나
이처럼
발빼려는 나,

너의 뜨거운 사랑을
육친이란 묵은 생각에서 느끼던

다만
옳다는 그것만이
냉혹한 현실에서 합치던,
너의 불붙는 의지로
가물거리는
참으로 가물거리는 내 사랑의 심지에
폭발되게 하여라!

강철 같은 규율──
열화 같은 의지,

아 이런 것이
불붙기 비롯하는 내 가슴에
끝없는 내 것으로 만들어 달라

# 어릴 적부터

어릴 적부터, 차돌같은 기상으로

나는

이름이 높았다.

만약에 시인(詩人)이라도 되지 않았든들[233]

이제쯤의 나는 강도나 소매치기가 되었을 것이다.


깡마르고 키적은 나지만

아히들[234] 사이엔

언제나 엄지 손꾸락,[235]

코피를 흘리고 집에 온 것도

한두 번은 아니다.

---

233) 않았던들.
234) 아이들.
235) 손가락.

깜짝 놀래어 쪼차나오는[236]

어머니더러

입설[237] 터진 입을 우물럭어리며[238]

-아무것도 아니야, 돌뿌리에 걸려서 너머젓대두[239]……

내일까지두 안가서 다 낳는대두……


그, 뒤끓는 뜨거운 물같은 성품의 시절이

아조 멀어진 이제도

이때껏 아모도 눈에 거들떠보이지 않는


---

236) 쫓아나오는.
237) 입술.
238) 우무럭거리며.
239) 넘어졌대도.

커드란 간떵이240)는
내 시(詩) 가운데 흐르고 있다.


찬란한 글짜241)가 산(山)같이 쌓이는
끝없이 이어나간
시(詩)줄의 뒤로
싸홈242)새 빠른 개구쟁이의
옛적부터의 간떵이가 보이지 않느냐.


그때와 꼭같이 지금도
눈우엔 뵈는게243) 없고, 웃줄렁거리는 나이다.

---

240) 간덩이.
241) 글자.
242) 싸움의 옛말.

나는 내 노래의 처음 닷는[244] 곳을
발길로 차버리며 달리어간다.
어릴 적에는 한꿋 가야
귀쌈[245]을 마젓지만[246]
이제는 온 마음까지 피투성이다.

그러나 이제는, 어머니같으신 분이 아니라
겔겔거리고 웃는,
아모것도[247] 모르는 천민(賤民)들에게 들려주는구나
– 아무렇지도 않다. 돌뿌리에 걸렸을 뿐,

---

243) 보이는 게.
244) 닿다.
245) 귀싸대기.
246) 맞았지만.
247) 아무것도.

내일까지도 안간다니까……

내일까지도 안간다니까……

▶▶▶1919

# 어머니께 사뢰는 편지

늙으신 어머니어!
상기도 평안하시오니까
나 또한 살았노라. 그립소이다 어메여
상기도 당신이 사시는
오막사리[248]에
그 말할 수 없는 저녁노을이 서고 있읍니까.

나는 들었노라
당신이 애타는 마음을 숨기고
나로 인하야
가슴을 조이신다고……
이따금 철지난 헌옷을 끄내[249] 입고

---

248) 오막살이.
249) 꺼내.

신작로가으로 나오신다고……


어스므레한[250] 해설피면
어느 때나 꼭 같은 예감에
떨지나 않으시는지,
선술집 싸홈자리서
무되인[251] 식칼에 젖가슴 깊이
찔려 넘어지는 이 자식의 모습.


아니라구요, 어머니시어! 마음 평안하시라
이는
당신의 안타까운 마음의 옥매듭이오

---

250) 어스무레하다: '어슴푸레하다'의 잘못.
251) 무딘.

당신을 보입지 않고 죽기까지
무도한 놈으로는
행여 아지 마시옵소서.


나는 아즉도 옛날부터의
사랑스런 당신의 아들
나의 꿈꾸는 바는 단 하나
미칠 듯한 번뇌를
한시라도 밧비252) 뛰처
추녀 얄은 나의 집에 돌아갈 것 뿐.


봄은 가고, 물오른 가지와 넝쿨이

252) 바삐.

나의 집 좁은 뜰을 덮을 때

아 그제야말로 나로 도라가리라[253]

다만 옛날과 같이

새벽마다

나의 머리맡을 흔들지는 마시옵소서.


그때에는 어머니,

미처 깨지 않은 나의 꿈을 깨우치지 말어주소서[254]

꿈길이 스러진 나의 번뇌를

당신이어! 흔들지는 말어주소서

일즉부터 길이 어긋나고

생활(生活)에 고닲힌 이 아들이외다.

---

253) 돌아가리라.
254) 말아주소서.

그립소이다, 어메야,

당신만이 나에게는 오직 하나인 광명(光明).

나로 인하여

마음 아여 상치는 마시옵소서

그리고는

철지난 헌옷을 끄내 입고

자꾸만 신작로 가으로 진정 나오시지 마시옵소서.

# 어머니 서울에 오시다

어머니 서울에 오시다.
탕아 돌아가는 게
아니라
늙으신 어머니 병든 자식을 찾아오시다.


── 아 네 병은 언제나 낫는 것이냐.
날마다 이처럼 쏘다니기만 하니……
어머니 눈에 눈물이 어릴 때
나는 거기서 헤어나지 못한다.


── 내 붙이, 내가 위해 받드는 어른
내가 사랑하는 자식
한평생을 나는 이들이 죽어갈 때마다
옆에서 미음을 끓이고, 약을 달인 게 나의 일이었다.

자, 너마저 시중을 받아라.


오로지 이 아들 위하여
서울에 왔건만
며칠 만에 한 번씩 상을 대하면
밥숟갈이 오르기 전에 눈물은 앞서 흐른다.


어머니여, 어머니시여! 이 어인 일인가요
뼈를 깎는 당신의 자애보다도
날마다 애타는 가슴을
바로 생각에 내닫지 못하여 부산히 서두르는 몸짓뿐.


—— 이것아, 어서 돌아가자
병든 것은 너뿐이 아니다. 온 서울이 병이 들었다.

생각만 하여도 무섭지 않으냐
대궐 안의 윤비는 어디로 가시라고
글쎄 그게 가로채였다는구나.

시골에서 땅이나 파는 어머니
이제는 자식까지 의심스런 눈초리로 바라보신다.
아니올시다. 아니올시다.
나는 그런 사람과는 아무런 관계도 없습니다.
내가 생각하는 것은
이 가슴에 넘치는 사랑이 이 가슴에서 저 가슴으로
이 가슴에 넘치는 바른 뜻이 이 가슴에서 저 가슴으로
모든 이의 가슴에 부을 길이 서툴러 사실은
그 때문에 병이 들었습니다.

어머니 서울에 오시다.
탕아 돌아가는 게
아니라
늙으신 어머니 병든 자식을 찾아오시다.

# 어머니의 품에서

## ──귀향일기

나는 노래한다. 어머니의 품에서……
황토산이 사방으로 가리운
죄그만 동리.
한동안 시달려 강줄기마저 메마른 고장

머리 숙이나이다. 땀 흘리는 사람들이여!
그래도
무연하게 넓은 들에는
온갖 곡식이 맺히어 스사로 무겁고
산고랑에까지
목확다래는 따스하게 꽃피지 아니했는가!

칠십 가차운 어머니
이곳에 혼자 사시며

돌아오기 힘드는 아들들을 기다려
구부렁구부렁 농사를 지신다.


아 그간
우리네 살림은 흩어져
내 발 디딜 옛 마을조차 없건만
나는 돌아왔다
어머니의 품으로…… 고향에 오듯이


그러면 나는 무엇을 노래할 거냐
어머니의 품에서……
그러면 나는 무엇을 노래할 거냐
동리 사람의 틈에서……

논에는 허수아비
들에는 새 보는 사람
그러면 이네들은
온 일 년의 피와 땀을 무엇으로 지키려는가,

풍년이여!
다락같이 올라가는 쌀값이여!
이것이 무엇이냐
다만 한 사발의 막걸리…… 한 자리의 풍장과 춤으로
모든 것은 보채는 여울물처럼 잦아들 것인가.

나는 노래한다 어머니의 품에서……
황토산이 사방으로 둘러싼
팍팍한 동리.

눈 가린 마차말이 그저 앞으로 달리듯
이곳에는
농사에 바쁜 사람들,

아 그간
우리네 살림은 쫓기어
내 발 디딜 옛 마을조차 없건만
나는 돌아왔다
어머니의 품으로…… 고향에 오듯이

# 어육(魚肉)

신사들은 식탁에 죽은 어육을 올려놓고 입천장을 핥으며 낚시질에 대한 이야기를 시작하였다. 천기예보엔 일기도 검어진다는(승합마차가 몹시 흔들리는) 기절(氣節)을, 신사들은 바다로 간다고 떠들어댔다. 불순한 천후(天候)일수록 잘은 걸려드는 법이라고 행랑아범더러 어류들의 진기한 미끼, 파리나 지렁이를 잡아오라고 호령한다. 점잖은 신사들은 어떠한 유희에서나 예절 가운데에 행하여졌다.

# 어포(魚浦)

    어포(魚浦)의 등대는 귀류(鬼類)의 불처럼 음습하였다. 어두운 밤이면 안개는 비처럼 나렸다. 불빛은 오히려 무서웁게 검은 등대를 튀겨놓는다. 구름에 지워지는 하현달도 한참 자옥 ― 한 안개에는 등대처럼 보였다. 돛폭이 충충한 박쥐의 나래처럼 펼쳐 있는 때. 돛폭이 어스름 ― 한 해적의 배처럼 어른거릴 때, 뜸 안에서는 고기를 많이 잡은 이나 적게 잡은 이나 함부로 투전을 뽑았다.

# 여수(旅愁)

여수(旅愁)에 잠겼을 때, 나에게는 죄그만 희망도 숨어버린다.

요령처럼 흔들리는 슬픈 마음이여!

요지경 속으로 나오는 좁은 세상에 이상스러운 세월들

나는 추억이 무성한 숲속에 섰다.


요지경을 메고 다니는 늙은 장돌뱅이의 고달픈 주막 꿈처럼

누덕누덕이 기워진 때묻은 추억,

신용할 만한 현실은 어디에 있느냐!

나는 시정배(市井輩)와 같이 현실을 모르며 아는 것처럼 믿고 있었다.


괴로운 행려(行旅)²⁵⁵⁾ㅅ속 외로이 쉬일 때이면

달팽이 깍질 틈에서 문밖을 내다보는 얄미운 노스탤
지어

너무나, 너무나, 뼈 없는 마음으로

오 — 늬는[256] 무슨 두 뿔따구를 휘저어보는 것이냐!

---

255) 나그네가 되어 돌아다님, 또는 그런 사람.
256) 네는.

# 여정(旅程)

또 한 번 멀리 떠나자.
거기
항구와 파도가 이는 곳,
오후만 되면 회사나 관청에서 물밀듯 나오는 사람
나도 그 틈에 끼어 천천히 담배를 물고
뒷골목에 삐끔삐끔 내다보는
소매치기, 행려병자, 어린 거지를 다려다보며
다만 떠내려가는 널판쪽 모양 몸을 맡기자.

거기,
날마다 드나드는 이국선과 해관(海關)의 창고가 있는 곳
나도 낯설은 거리에 서서
항구와 물결과는 아무런 관계가 없는, 회사원이나 관
청 사람과 같이

우정 그네들을 따라가 보자.

그러면,

항상 기계와 같이 돌아가는 계절 가운데

우수가 지나고 경칩이 지나

고향에서는 눈 속에 파묻힌 보리 이랑이 물결치듯 소
곤대며 머리를 들고

강기슭 두터운 얼음장이 터지는 소리,

이때의 나는 무엇이 제일 그리울 거냐.


찾아온 발길이 아주 맥히는257) 바닷가에서

그때, 나의 떠나온 도정이 무엇인가를 생각해 보자.

신개지(新開地) 비인 터전에

---

257) 막히는.

새로이 포장 치는 곡예단의 쇠망치 소리.

내가 무에라258) 흐렁흐렁 울어야는지,

우두머니259) 그저 우두머니

밤과 낮, 둘밖에 없는 세상에

어째서 나 홀로 집을 버렸나. 집을 버렸나.

---

258) 무엇이라.
259) 우두커니의 잘못.

# 역(易)


점잖은 장님은 검은 연경(煙鏡)을 쓰고 대나무 지팡이를 때때거렸다.

고꾸라 양복을 입은 소년 장님은 밤늦게 처량한 퉁소 소리를 호로롱호로롱 골목 뒷전으로 울려주어서 단수 짚어보기를 단골로 하는 뚱뚱한 과부가 뒷문간으로 조용히 불러들였다.

# 연가(連歌)

## 1

해종일을
급행차가 헤치고 가도
끝 안 나는
밀보리 이랑

이 풍경
내 고향과 너무 다르기
내 다시금
향수에 묻히노라

## 2

메마른 산등성이
붉은 흙산도
높이 일군 돌개밭으로
지금은 유월 유두 한창때
밀보리 우거졌을
나의 고향아!

그곳에
하늘 맑고 모래 흰
남쪽 반부는
어머니가 계신 곳

돌개밭 밀보리
새로 패는 고랑 밑에는
설익은 보리마저 훑어가는
원수를 기다려
총부리 겨누고 섰을 나의 형제들

각각으로 차(車)는
조국에 가까워 와도
아 나의 마음
어찌하여 이리도
멀기만 한가

▶▶▶1949.07

# 연안(延安)서 오는 동무 심(沈)에게

그 전날
이웃나라 동무들이
서금(瑞金)에서 연안으로 막다른 길을 헤치고 가듯
내 나라에서 연안으로
길 없는 길을
만여 리.
다만 외줄로 뚫고 간 벗이여!

동무, 이제 내 나라를 찾기에 앞서
벗에게 보내는 말
'동무여! 평안하신가.'
심(沈)이여,
아니 내가 모르는 또 다른 동무와 동무여!
나도 눈물로 외친다.

'동무여 평안하셨나.'

동무, 이제 벗을 찾기에 앞서
소식을 전하는 뜻
'부끄러워라. 쫓겨갔던 몸 돌아옵니다.
내 나라에 끝까지 머무른 동무들의 싸움,
얼마나 괴로웠는가'
얼굴조차 없어라.
우리는 이제 무어라 대답하랴.

불타는 가슴,
피끓는 성실은 무엇이 다르랴
그러나 동무,
심(沈)이여!

아니 내가 모르는 또 다른 동무와 동무들이여!
우리들 배자운 싸움 가운데
뜨거이 닿는 힘찬 손이여!
동무, 동무들의 가슴, 동무들의 입, 동무들의 주먹,
아 모든 것은 우리의 것이다.
―― 45.12.13, 김사량(金史良) 동무의 편으로 심
(沈)의 안부를 받으며.

# 연합군 입성 환영의 노래

몰래 쉬던 숨을 크게 쉬니
가슴이, 가슴이, 자꾸만 커진다
아 동편 바다 왼 끝의 대륙에서 오는 벗이여!
아 반구(半球)의 서편 맨 끝에서 오는 동지여!

이날
우리의 마음은
축포에 떠오르는 비둘기와 같으다.

감격에 막히면
아 언어도 소용없고나.
울면서 참으로 기쁨에 넘쳐 울면서
우리는 두 팔을 벌리지 않으냐

들에 핀 이름 없는 꽃에서
작은 새까지
모두 다 춤추고 노래 불러라.


아 즐거운 마음은 이 가슴에서 저 가슴으로
종소리 모양 울려나갈 때
이 땅에 처음으로 발을 디디는 연합군이여!
정의는, 아 정의는 아직도 우리들의 동지로구나.

▶▶▶1945.8.20

# 연화시편(蓮花詩篇)

곡식이 익는다. 풀섶에 벌레가 운다. 이런 때 연잎은 지는 것이다. 차고 쓸쓸한 꽃잎 하나 줄기에 붙이지 않고 연잎은 지는 것이다.

일년 가야 쇠통 맑은 적 없는 시꺼먼 시궁창 속에 거북은 보는 게었다.

봄철 갈라지는 얼음장, 여름 찾아 점벙대던 개구리 새끼. 모든 것이 침전하였다. 모든 게 오직 까라앉을[260] 뿐이었었다.

연잎이 시들면, 연잎이 시들면, 심심한 수면 위에 또 한 해의 향기는 스미어들고

물속에 차차로 가라앉는 오리털, 이 속에 손님이 오는

---

260) 가라앉을.

것이다. 아무런 표정도 없이 아무런 기맥도 없이 밤이슬은 내리어 서리가 된다.

소 몰고 돌아가는 저녁길, 저녁길의 논두렁 위에 푸뜩 푸뜩 풍장치며 흩어지는 농사꾼.

오곡이 익은 게었다. 곡식이 익은 게었다.


웅덩이에는 낙엽이 한 겹 물 위에 쌓이더니 밤마다 풀섶에는 가을벌레가 울고, 낙엽이 다시 모조리 가라앉는 날, 죄그만 어족들은 보드라운 진흙 속에 연뿌리 울타리 하여 길고 긴 겨울잠으로 빠지는 것이었었다.

한때는 그 넓은 이파리에 함촉 이슬을 받들었을 연잎조차 잠자는 미꾸리와 거머리의 등을 덮는 것이나, 두 눈 감고 깊은 생각에 잠기인 거북이의 등 위엔, 거북이의 하늘 위엔 살얼음이 가고 그것이 차차로 두꺼워질 뿐.

까만 머리 따 늘이는 밤하늘에는 총총하던 별 한 송이, 별 한 송이 비최지[261] 않고 희부연 얼음장에는 붉은 물 든 감잎이 끼어 있을 뿐.

한겨울은 다시 얼어붙은 웅덩이에 눈싸리를 쌓아 얹으나 어둠 속에 가라앉은 거북이는, 목을 늘여, 구정물 마시며, 반년 동안 밤이 이웃는 아라사의 옥창(獄窓)과 같이, 맛없는 울음에 오! 맛없는 울음에 보드라운 회한의 진흙구덩이 깊이 헤치며 뜯어먹는 미꾸리와 거머리.

두꺼운 얼음장 밖으로 연이어 연이어 깜깜한 어둠이 흐른다 해도, 구름 속에 상현달이 오른다 해도 거북이의 이고 있는 하늘엔 희부연 얼음장이 깔려 있을 뿐, 한 사리 싸락눈이 쌓여 있을 뿐.

261) 비추지.

# 영원(永遠)한 귀향(歸鄕)

옛날과 같이 옛날과 조금도 다름이 없이
밤마다
바다는 희생을 노래 부르고

항상 돌이키고 다시 돌아서는
고독과 무한한 신뢰에

바다여!
내 몸을 쓸어가는 성낸 파도
부두에 남겨둔 애상(哀傷)은 어떤 것인가

진정 나도 진정으로 젊은이를 사랑했노라.
왔다는 다시 갈 오 —— 영원한 귀향

계후조(季候鳥)는 떠난다.

암초에 세인트헬레나262)에 흰 새똥을 남기고.

# 영창

어슴푸레한 저녁까지

하늘은 보랏빛

내 흰 옷마저 왼통263) 보랏빛으로 물들을 때

아 나는 그때까지 수금원(水禽園) 돌난간에 기대어
섰었노라

외로운 학, 날개 속에 조용히 머리를 묻고

굵은 창살 안

백수의 왕은 잠자코 말이 없을 때

인적은 다시 차차로 끈치고 무거운 쇠문은 닫히려 한다.


멀고 먼 고향에서 오는 소식은

세 밤 전에 시집갔다는 눈멀은 누이의 편지 하늘은

---

263) 온통.

노상 보랏빛

아, 나는 그때까지 스러지는 구름 속에
천사들의 발자취를 그리었노라.

# 영회(咏懷)

후면에 누워 조용히 눈물지우라.
다만 옛을 그리어
궂은 비 오는 밤이나 왜가새 나는 밤이나

조그만 돌다리에 서성거리며
오늘밤도 멀——리 그대와 함께 우는 사람이 있다.

경(卿)이여!
어찌 추억 위에 고운 탑을 쌓았는가
애수(哀愁)가 분수같이 허트러진다.264)

동구 밖에는 청랭(晴冷)한 달빛에

---

264) 흐트러진다.

허물어진 향교(鄕校) 기왓장이 빛나고
댓돌 밑 귀뚜리 운다.

다만 울라
그대도 따라 울어라

위태로운 행복은 아름다웠고
이 밤 영회(咏懷)의 정은 심히 애절타
모름지기 멸하여 가는 것에 눈물을 기울임은
분명, 멸하여 가는 나를 위로함이라. 분명 나 자신을
위로함이라.

# 온천지(溫泉地)

온천지에는 하루에도 몇 차례 은빛 자동차가 드나들었다. 늙은이나 어린애나 점잖은 신사는, 꽃 같은 계집을 음식처럼 싣고 물탕을 온다. 젊은 계집이 물탕에서 개고리처럼 더 보이는 것은 가장 좋다고 늙은 상인들은 저녁상 머리에서 떠들어댄다. 옴쟁이[265] 땀쟁이 가지각색 더러운 피부병자가 모여든다고 신사들은 투덜거리며 가족탕을 선약하였다.

---

265) 옴이 오른 사람을 낮잡아 이르는 말.

# 올리가 크니페르266)


〈갈매기〉 수를 드린

기인 막이 열리고

올리가 크니페르 그대가 나오면

관중들의 열광한 박수는

끊일 줄을 모른다


MXAT의 성장과

MXAT의 광영을

한몸에 지니고

오늘도

당신은 무대에 선다


266) 모스크바 예술극단의 여배우.

올리가는
세계가 사랑하는
안톤의 부인
빛나는 소련의 인민배우

내일모레가
일흔아홉인,
크니페르 체호프는
지금도 무대 위에 서면
네프류도프의 상냥한 아주머니

청춘의 나라
소비에트여!
오 그대의 향그런 품에

당신의 올리가는
길이
청춘이어라

▶▶▶1949.02

# 우기(雨期)

    장판방엔 곰팡이가 목화송이 피듯 피어났고 이 방 주인은 막벌이꾼. 지개 목발이도 훈김이 서리어 올랐다. 방바닥도 녹진녹진하고 배창사도 녹진녹진하여 공복(空腹)은 헝겊오래기처럼 꾀어져 나오고 와그르르 와그르르 숭얼거리어267) 뒷간 문턱을 드나들다 고이를 적셨다.

---

267) (북한어) 마음에 들지 않아 남이 알아듣지 못할 정도의 낮은 목소리로 자꾸 혼잣말을 하다.

# 우리 대사관 지붕 위에는

레닌이시여!
오늘도 당신이 누워 계시고
스탈린이시여!
당신 계시는 영광의 모스크바 –

오늘은 모스크바의 하늘에
우리의 깃발을 달읍니다
오 조국과 몇만 리 떨어진
먼 곳에서도
제 나라의 깃발을 날릴 수 있는 이 기꺼움

크렘린 높은 첨탑에
붉은 별 더욱 빛나게 아침해를 받으며
오렌지빛으로 물들은

내궁의 지붕 위에
붉은 기 찬란히 휘날리는 모스크바 –

빛나는 조국전쟁에서
온 세계에
평화를 가져온 나라
그리하여 이 세상에
잃어졌던 수많은 깃발을 새로이 날리게 한 나라

오늘은 이 나라 수도에
우리의 깃발도 날립니다
한겨울 쌓였던 눈이 녹아내리는
지붕과 지붕에
3월 초하루의 빛나는 아침 햇살이 맑게 퍼져나갈 때

우리 대사관 지붕 위에는
우리의 깃발이 휘날립니다

오 이날 3.1절
30년 전 그날엔 우리 모든 인민이
제 강산을 피로 적시며
"독립 만세"를 죽음으로 외치던
싸움의 날이여!
우리 그저 지유를 향하여 치닫기만 했더니……

보라! 오늘의 3월 초하루
왜적의 철쇄는 이미
빛나는 소비에트의 힘으로 끊어져 버렸고
다시 그의 뜨거운 악수는

지금 모스크바의 하늘에
우리의 보람 휘날리게 하고 있도다
깃발! 깃발! 자유와 행복을
노래하는 듯 나부끼는
새 나라의 기!
평화와 행복의 높은 성새에
이를 위한 싸움에는 누구보다 용감한
이 나라 따라
저마다 모여 서는 씩씩한 깃발들!

오늘은 지난날 왕궁의 깃발이 아니라
새로운 인민의 깃발인
불가리아 루마니아 헝가리의 깃발들
지금은 어제날 부르주아 국가의 상표가 아니라

빛나는 인민의 깃발들인 폴란드와 체코의 기


이 속에서 우리는

우리의 찬란한 새 깃발을 달읍니다

온 세상 인민들은 통틀어

평화와 국제 안정을 위한 싸움에

달려나올 제

우리도 두 손 높이 쳐들며

오늘은 찬란한 우리의 새 깃발을 날립니다


새 조선의 앞길이 퍼덕이는

삼천만의 결의가 맺히인[268]

---

268) 맺힌.

아 빛나는 우리의 깃발도

오늘은

맑고 맑은 모스크바

이처럼 높고 이처럼 눈부신 하늘 위에

순풍을 맞이한 돛폭과 같이 나부낍니다

▶▶▶1949.03

# 우리는 싸워서 이겼습니다

## ―스탈린 대원수께 드리는 시

우리는 싸워서 이겼습니다
미국 침략자의 피 묻은 손을
제 조국 강토에서 몰아내는 싸움에……
크나큰 이 승리

솟구치는 이 기쁨
아 우리는 어디에다 제일 먼저
이 사실을 고하오리까!

스탈린이시여!
우리는 싸워서 이겼습니다

잿더미 된 도시에서
흙가루가 된 농촌에서

그래도 우리는 원수들을 몰아냈다는
빛나는 긍지와 탁 트여진 자유로
새로이 해방된 우리 인민은
저 저마다 높이 끓는 정열을 붙안고
건설의 망치와 복구의 삽자루를 휘두릅니다

우리 민족 만대의 은인이신
스탈린이시여!
우리 인민의 친근한 벗이시며
새로운 민주공화국 앞길을 밝혀주는 스승이신
당신이시여!

오늘의 우리들
위대한 당신의 나라 붉은 군대에게서

불타는 애국심과 끝없는 투지를 배워온

인민군대와 빨치산들은

이르는 곳마다 찬란한 승리를 떨치며

제국주의 강도들의 야욕을 쳐부십니다[269]


아직도 우리 강토의 한 귀퉁이선

식인귀 같은 살인도당의

미국 군대와 그 앞잡이들이

저들 마지막의 섬멸 앞에서 발버둥치고

머리 든 독사떼 같은 놈들의 항공기

곳을 가리지 않고 미쳐 날뛰나

---

269) 쳐부숩니다.

불붙는 가슴에 키질을 하듯
이것은 우리들의 분노와 힘을
돋우게 하고
후퇴를 모르는 우리의 무력을
승승장구 앞으로 내닫게 하며
원수들의 숨통은 더욱더 힘차게 졸리고 있습니다

위대하신 이름
스탈린 대원수시여!
당신은 주셨습니다
식민지 노예의 멍에에서 허덕이던
우리에게다
질풍과 노도를 휘몰아치는
인민의 숨겨진 힘을……

평화와 민주를 사랑하는
청조한 국가 조선민주주의인민공화국은
오늘 제국주의 침략자를 몰아내는
빛나는 자기의 전투 속에서
거대한 강도 미제를 거꾸러뜨리며
세계의 인민 앞에 외칩니다


스탈린이시여!
당신은 우리에게
우리들의 숨겨진 힘을 띵겨주시었으며
또 우리들은 당신의 밝으신 길로
평화와 민주를 사랑하는
인민의 끝없는 힘이란 어떤 것이란 것을

모든 세계에 역력한 사실로서 일으키고 있습니다

미제여! 너의 피 묻은 손을
조선에서 떼라!고 외쳐주는
온 세계 근로하는 인민들이여!
우리는 당신들의
다함없는 고무와 격려로
나날이 크나큰 승리를 기록합니다

싸우는 불란서의 이태리의
그리고 수많은 피 흘린
희랍의 스페인의 투사들이여!
아니 우리나라
이승만 괴뢰에게 무참한 죽임을 당한

수십만의 애국자들이여!

우리는 이제 찬란한 민주의 승리 앞에서
먼저 가신 당신들의 빛나는 길을
오 거룩한 레닌 스탈린의
넓고 큰 길을
빛나는 조국의 통일독립의
꽃밭 속에서
마음껏 찬양할 때는 가차웠습니다[270]

---

270) 가까웠습니다.

# 원씨(媛氏)에게

창 앞에서 기다립니다.
발자취 소리마다 귀를 기울입니다.
기다리는 것만이
사랑에서 오는 기쁨이라면
삼백예순날 이냥 안타까운 속에서라도 기다리겠습니다.
사랑이여!
당신에게 괴이는 제물(祭物)은
내 보람의 샘이 막힐 때까지
아 내 노래는 당신의 것입니다.

▶▶▶1945.09.20

# 월향구천곡(月香九天曲)

## ─슬픈 이야기

오랑주 껍질을 벗기면

손을 적신다.

향내가 난다.


점잖은 사람 여러이[271] 보이인 중에 여럿은

웃고 떠드나

기녀(妓女)는 호올로[272]

옛 사나이와 흡사한 모습을 찾고 있었다.


점잖은 손들의 전하여 오는 풍습엔

계집의 손목을 만져주는 것,

기녀는 푸른 얼굴 근심이 가득하도다.

---

271) 여럿이.
272) 홀로.

하 - 얗게 훈기는 냄새
분 냄새를 지니었도다.

옛이야기 모양 거짓말을 잘하는 계집
너는 사슴처럼 차디찬 슬픔을 지니었고나.

한나절 태극선 부치며
슬픈 노래, 너는 부른다
좁은 보선 맵시 단정히 앉아
무던히도 총총한 하루하루
옛 기억의 엷은 입술엔
포도 물이 젖어 있고나.

물고기와 같은 입 하고

슬픈 노래, 너는 조용히 웃도다.


화려한 옷깃으로도
쓸쓸한 마음은 가릴 수 없어
스란치마 땅에 끄을며273) 조심조심 춤을 추도다.


순백하다는 소녀의 날이여!
그렇지만
너는 매운 회초리, 허기찬 금식(禁食)의 날
오 ― 끌리어 왔다.


슬픈 교육, 외로운 허영심이여!

---

273) 끌며.

첫사람의 모습을 모듬274) 속에 찾으려 헤매는 것은
벌—써 첫사람은 아니다.


잃어진 옛날로의 조각진 꿈길이니
바싹 마른 종아리로
시들은 화심(花心)에
너는 향료를 물들이도다.


슬픈 사람의 슬픈 옛일이여!
값진 패물로도
구차한 제 마음에 복수는 할 바이 없고
다 먹은 과일처럼 이 틈에 끼어

_____

274) 모둠.

꺼치거리는 옛 사랑

오 ─ 방탕한 귀공자!

기녀는 조심조심 노래하도다. 춤을 추도다.


졸리운 양, 춤추는 여자야!

세상은

몸에 이익하지도 않고

가미(加味)[275]를 모르는 한약처럼 쓰고 틉틉하고나.[276]

---

275) 원 약방문(藥方文)에 다른 약재(藥材)를 더 넣음.
276) '텁텁하다'의 북한어. 액체가 맑지 아니하고 농도가 진하다.

# 은시계

슬픔이야 노상 새로워
내, 떠나는 길차림
오늘마저
해안 공원의 호젓한 자리.

사랑하는 건 모두 다 버리는구나
애틋한 담모롱이
등 굽은 길목.

사슴과 나는 철망 너머로
낯선 바다를 본다.

이슬보다 오히려 차고 고운 것
철기는 슬프고나

아름다운 꽃잎알
흔들리는 꽃수염.

우는 것이 쉽구나
제일 쉽구나.

말랑말랑한 뿔, 새로 돋은 사슴의 뿔.
무심코 자근자근 누르며
기위 떠나려면야
바램277) 하나 가져야겠네. 있어야겠네.

---

277) 바람.

# 이름도 모르는 누이에게

움직임이 없는 수림(樹林)과 같이
내 마음 스사로 그늘을 지노라.
아 이곳에 나날이 찾아오는
작은 새여!
나는 그대의 이름과 노래를 모른다.
그러나 자연이여
당신은 위대합니다.
작은 새로 하여금 아름다운 노래를 부르게 하소서
내 마음으로 하여금 그를 평화로이 쉬이게 하여주소서.

▶▶▶1945.09.06

# 이 세월도 헛되이

아, 이 세월도 헛되이 물러서는가

38도라는 술집이 있다.
낙원이라는 카페가 있다.
춤추는 연놈이나 술 마시는 것들은
모두 다 피 흐르는 비수를 손아귀에 쥐고 뛰는 것이다.
젊은 사내가 있다.
새로 나선 장사치가 있다.
예전부터 싸움으로 먹고 사는 무지한 놈들이 있다.
내 나라의 심장 속
내 나라의 수채물 구멍
이 서울 한복판에
밤을 도와 기승히 날뛰는 무리가 있다.
다만 남에게 지나는 몸채를 가지고

이 지금 내 나라의 커다란 부정을 못 견디게 느끼나

이것을 똑바른 이성으로 캐내지 못하여

씨근거리는 젊은 사내의 가슴과

내둥278) 양심껏 살 양으로 참고 참다가

이제는 할 수 없이 사느냐 죽느냐의 막다른 곳에서

다시 장삿길로 나간 소시민의

반항하는 춤맵시와

그리고

값싼 허영심에 뻗어갔거나

여러 식구를 먹이겠다는 생활고에서 뛰쳐났거나

진하게 개어 붙인 분가루와 루—쥬에

모든 표정을 숨기고

---

278) 지금껏.

다만 상대방의 표정을 좇는 뱀의 눈같이 싸늘한 여급
의 눈초리

담요때기로 외투를 해입은 자가 있다.

담요때기로 망또를 해두른 놈이 있다.

또 어떤 놈은

권총을 희뜩희뜩 비치는 자도 있다.

이런 곳에서 목을 매는 중학생이 있다.

아 그러나

이제부터 얼마가 지나지 않은

해방의 날!

그 즉시는 이들도,

서른여섯 해 만에 스물여섯 해 만에

아니 몇 살 만이라도 좋다.

이 세상에 나 처음으로 쥐어보는 내 나라의 깃발에

어쩔 줄 모르고 울면서 춤추던

그리고 밝고 굳세인 새날을 맹서하던 사람들이 아니냐.

아 이 서울

내 나라의 심장부, 내 나라의 똥수깐,

남녘에서 오는 벗이여!

북쪽에서 오는 벗이여!

제 고향에서 살지 못하고 쫓겨오는 벗이여!

또는

이곳이 궁금하여 견디지 못하고 허턱 찾아오는 동무여!

우리 온몸에 굵게 흐르는 정맥의

노리고 더러운 찌꺼기들이여!

너는 내 나라의 심장부, 우리의 모든 피검불을 거르는

염통 속에도

눈에 보이지 않는 수많은 우리의 백혈구를 만나지 아

니했느냐.

아, 그리고 이 세월도 속절없이 물러서느냐.

# 이월(二月)의 노래

나는 지금
얼음장이 터지고
밀려나가는
대동강 기슭에 서 있다

봄보다 먼저
갈라지는 얼음장보다 앞서
우리에게 들려오는 소식

남조선 곳곳에서
우리 인민의
피끓는 항쟁!

항쟁이여! 새 생명이여!

불붙는 자유를 향하여
아 오래니 짓밟히던
우리의 권리를 찾아
애타게 달리는 항쟁의 길이여!

이월의 절기는 잔혹하게도

마지막 겨울의
사나운 몸부림을 치는가
강기슭의 눈더미를 휩쓸며
울부짖으며
어지러이 내두르는
찬바람도
내게는 부드럽기만 하다

봄보다 먼저

밀려나리는

얼음장보다 앞서

남쪽에서 우리에게 보내오는 소식

—— 유엔 위원단이여 물러가라!

—— 미군정이여

너희들 군대와 함께 어서 나가라!

—— 반대다 반대다

남조선 단정의 음모는……

이렇게 일어난 불길은

곳곳의 경찰과

반동매국적(反動賣國賊)의 앞잡이를 뒤흔들었다.

원수와 싸워서 죽은

남조선 우리의 형제를

노래하자

언 땅을 피로 녹이는

우리의 새생명을 노래하자

그곳에서는

새로운 원쑤279)가 얽어맨

쇠사슬

교통과 통신의 쇠사슬

묶였던 우리의 인민이 끊어버리고

그리고는

애타게 외친다

---

279) 원수.

남조선도
북조선 같은 새날을 찾자고

—— 북조선이여!
그대들이 내세운 헌법을
우리는 절대로 지지한다고
남조선 민전은

남조선 인민을 대표하여
우리에게 외친다.
이월의
아직도 날카로운
마지막 겨울의 입김이여!
너조차

갈라지는 얼음장
떠나려가는 얼음장을 막지는 못하나니
어느 누가
우리의 새생명과
우리의 새봄을 막으려 하느냐!

나는 지금
얼음장이 터지고
밀려나가는
대동강 기슭에 서 있다.

봄이여! 찬란한 봄이여!
너는

어느 곳보다도 앞서

우리의 힘찬 노래를 가져왔구나.

# 입원실에서

저마다 기쁜 마음, 싱싱한 얼굴로
오래니 있었던 병실에서
나가는 사람들.
그러는 동안에
해방을 기약하는 그날이 왔고,
그 뒤에도 잇대어 여러 가지 병든 사람이나
흥분된 감격에 다쳐 온 젊은이
새로이 새로이 왔다는
모두 다 씩씩한 얼굴로 나간다.

아 억압이 풀려진 세상은 어떠하련가,
나 역시 나가게 되리라 믿고
또 나가고 싶은 마음에
—그러면 하루바삐 쾌차하시오. 우리도 손목 잡고 일

합시다.
　하고,
　먼저 나가는 이들 당부를 뼈에 새긴다.

　누워서도 피 끓는 가슴
　아, 눕지 않으면 사뭇 불타오르리니
　젊음이여!
　여기서만 성장이 앞서는 자랑스런 시기여,
　다만 흰 벽과, 거기에 걸린 간소한 그림과
　머릿속에 아직도 응석하는 쓸쓸함이
　온 하루 나의 벗이라 하나

　병든 몸이여!
　병든 마음이여!

이런 것이 무어냐

어둔 밤의 횃불과 같이, 나의 싸우려는

싸워서 이기려는 마음만이

지금도 나의 삶을 지킨다.

▶▶▶1945.11.16

# 장마철

나는 보았다.
철마다 강기슭에서
큰물이 갈 때에……


아 모든 것은 이냥 떠내려가는가
시뻘건 물 우에 썩은 용구새
그 위에 날았다 다시 앉고
날았다는 다시 앉는 참새떼.


어쩌면 나의 설움은
이처럼 여럿이
함께 외치고 싶은가.


나는 자랐다.

메마른 강기슭에
나날이 울어예는 여울가에서

꿈 아시
아슬하게 높이는
흰구름.

아 모든 것은 이냥 흘러만 가는가
내 노래에 젖은 내 마음
내 입성에 배인 내 몸매
다만 소리 없는 흰나비로
자취 없이 춤추며 사라질 것인가

꽃비늘 어지러이 흘러가는

여울가에서
온통 숨차게 흔들리는 가슴속

그러나 이것은, 어데로서[280] 오는 두려움인가
아니,
어디에서 복받치는 노여움인가.

나는 보았다.
철마다 강기슭에서
큰물이 갈 때에……

---

280) 어디에서.

# 적야(寂夜)

적요(寂寥)한[281] 마음의 영지로, 검은 손이 나를 찾아 어루만진다.

흐르는 마을의 풍경과 회상 속에서 부패한 침목(枕木)[282]을 따라 끝없이 올라가는 녹슨 궤도(軌道)와 형해(形骸)[283]조차 볼 수 없는 죄——그만 기관차의 연속하는 차바퀴 소리.

기적(汽笛)이 운다. 쓸쓸한 마음속에만이 들려오는 마지막 차의 울음소리라, 나는 얼결에 함부로 운다. 그래, 이 밤중에 누가 나를 찾을까보냐. 누가 나에게 구원을 청할까보냐.

---

281) 적적하고 고요한.
282) 길고 큰 물건을 괴는 데 쓰는 나무토막.
283) 사람의 몸과 뼈. 어떤 구조물의 뼈대를 이루는 부분.

쇠잔(衰殘)[284]한 인생의 청춘 속에 잠기는 오직 묘지와 같은 기억과 고적뿐 이도 또한 가장 정확한 나의 목표와 같다. 기적이여! 울어라 창량(愴凉)히…… 종점을 향하는 조그만 차야! 너의 창에 덮이는, 매연이나 지워버리자 지워버리자.

---

284) 쇠하여 힘이나 세력이 점점 약해짐.

# 적은 숲

적은 숲, 넓드란<sup>285)</sup> 초원(草原)에
끝없이 번지는 달빛
또 뜻하지 않던
쏘다져 나오는 방울소리.

더렵혀진 길
이 길을
어떠한 러시아 사람이라도 다 거렀을<sup>286)</sup> 것이다.

아 썰매여! 낯설은 썰매여!
바짝 얼은 솔잎의 흔들리는 소리
내 아버지는 농사꾼

---

285) 널따란.
286) 걸렀을.

나는 농사꾼의 자식이다.


명성(名聲) 같은 게 무에냐[287]
시인(詩人)이란 말조차 구역이 난다
이 낡어빠진[288] 동리를 집어던진 뒤
얼마나 많은 나달이 흐른 것이냐.


이 나라, 이 넓은 들판을
한번이라도 본 이는
어드런 백양(白樺)나무 밑뿌리에라도
뜨거운 입술을 부비지 않고는 못백이리라.[289]

---

287) 무엇이냐.
288) 낡아빠진.
289) 못 배기리라.

어러붙는290) 치위 속에 잎새 소리를 내며
러시아의 젊은 나무나무들이 꽃을 내달고
발을 맞추어 춤추고 노래부를 때

아 손풍금(風琴)이어! 죽엄의 독약이어!
생각하면 이 울부짖는 소리에 합처291)
틔끌292)과 같이 따293)에 떠러저간294) 것은
어찌 때비린 명성(名聲)뿐이었겠느냐.

---

290) 얼어붙는.
291) 합쳐.
292) 티끌.
293) 땅.
294) 떨어져간.

# 전설(傳說)


느티나무 속에선 올빼미가 울었다. 밤이면 운다. 항상, 음습한 바람은 얕게 나려앉았다.[295] 비가 오든지, 바람이 불든지, 올빼미는 동화 속에 산다. 동리 아이들은 충충한 나무 밑을 무서워한다.

---

295) 내려앉았다.

# 절정의 노래

탑이 있다.

누구의 손으로 쌓았는가, 지금은 거칠은 들판

모두 다 까맣게 잊혀진 속에

무거운 입 다물고 한없이 서 있는 탑,

나는 아노라. 뭇 천백 사람, 미지와 신비 속에서

보드라운 구름 밟고

별과 별들에게 기울이는 속삭임.


순시(瞬時)296)라도 아, 젊은 가슴 무여지는

덧없는 바래옴

탑이여, 하늘을 지르는 제일 높은 탑이여!

언제부터인가

---

296) 삽시간(매우 짧은 시간).

스사로 나는 무게, 아득한 들판에
홀로 가없는 적막을 누르고……

몇 차례나 가려다는 돌아서는가.
고이 다듬는 끌이며 자자하던 이름들
설운 이는 모두 다 흙으로 갔으나
다만 고요함의 끝 가는 곳에
　　이제도
한층 또 한층 주소로 애처로운 단념의 지붕 위에로
천년 아니 이천년 발돋움하듯
탑이여, 머리 드는 탑신이여, 너 홀로 돌이여!
어느 곳에 두 팔을 젓는가.

# 정문(旌門)

—염락(廉洛)·열녀불경이부충신불사이군(烈女不敬二夫忠臣不事二君)


열녀를 모셨다는 정문(旌門)[297]은 슬픈 울 창살로는 음산한 바람이 스미어들고 붉고 푸르게 칠한 황토 내음새 진하게 난다. 소저(小姐)[298]는 고운 얼굴 방안에만 숨어 앉아서 색시의 한시절 삼강오륜 주송지훈(朱宋之訓)을 본받아왔다. 오 물레 잣는 할멈의 진기한 이야기 중놈의 과객의 화적의 초립동이의 꿈보다 선명한 그림을 보여줌이여. 시꺼먼 사나이 힘세인 팔뚝 무서운 힘으로 으스러지게 안아준다는 이야기 소저에게는 몹시는 떨리는 식욕이었다. 소저의 신랑은 여섯 해 아래 소저는 시집을 가도 자위하였다. 쑤군, 쑤군 지껄이는 시집의 소문 소저는 겁이 나 병든 시에미[299]의 똥맛을 핥아보

---

297) 충신(忠臣)이나 효자(孝子)·열녀(烈女) 등을 표창(表彰)하기 위하여 그 집 앞이나 마을 앞에 세우던 붉은 문 작설(綽楔) 홍문(紅門).
298) 아가씨.

았다. 오 효부라는 소문의 펼쳐짐이여! 양반은 조금이라도 상놈을 속여야 하고 자랑으로 누르려한다. 소저는 열아홉. 신랑은 열네 살 소저는 참지 못하여 목 매이던 날 양반의 집은 삼엄하게 교통을 끊고 젊은 새댁이 독사에 물리려는 낭군을 구하려다 대신으로 죽었다는 슬픈 전설을 쏟아내었다. 이래서 생겨난 효부 열녀의 정문 그들의 종친은 가문이나 번화하게 만들어보자고 정문의 광영을 붉게 푸르게 채색하였다.

---

299) 시어머니.

# 종(鍾)소리

울렸으면……종소리
그것이 기쁨을 전하는
아니, 항거하는 몸짓일지라도
힘차게 울렸으며……종소리

크나큰 종면(鍾面)은 바다와 같은데
상기도 여기에 새겨진 하늘 시악시
온몸이 업화(業火)300)에 싸여 몸부림치는 거 같은데
울리는가, 울리는가,
태고서부터 나려오는 여운 ——

울렸으면……종소리

---

300) 불 같이 일어나는 노여움.

젊으디 젊은 꿈들이
이처럼 외치는 마음이
울면은 종소리 같으련마는……

스스로 죄 있는 사람과 같이
무엇에 내닫지 않는가,
시인이여! 꿈꾸는 사람이여
너의 젊음은, 너의 바램은 어디로 갔느냐.

# 지도자

## —전국청년단체대회 대표들에게

지도자가 왔다.

지도자는 비행기로 왔다.

그리고 지도자는 한인(韓人)의 지도자여야 된다.

청년들은 모두 다 기쁨에 넘쳤다.

아 피 끓는 가슴밖에 미처 준비하지 못한 우리 청년들은

두 팔을 벌리어 지도자를 맞았다.

지도자는 우상이 아니다.

지도자는 이 젊은 피를 옳은 데로 흐르게 하는 것이다.


그러나 지도자는 원로에 피곤하였다.

그리고 지도자는 회의에 바쁘다.

우리들 수만을 대표한 청년들은 낮부터

밤 새로 한시까지 기다리었다.

그러나 아 끝끝내 우리들의 위대한 지도자의 말씀은

겟아웃301)이었다.

　그리고 우리들의 위대한 지도자는 끝끝내 라디오를 들을 수 있는 곳에만 방송을 하였다.

▶▶▶1945.11.15

---

301) get out.

# 찬가

한때, 우리는 해방이 되었다 하였고 또 온 줄로 알았다.
그러나
사나운 날씨에
조급한 사나이는
다시금,
뵈지 않는 쇠사슬 절그럭거리며
막다른 노래를 부르는구나

아 울음이여! 울음이여!
신음 속에 길러오던
너의 성품이,
넘쳐나는 기쁨에도 샘솟는 것을
아주 가까운 이마즉
우리는 새날을 통하여 배우지 아니했느냐.

젊은이여! 벗이여!
손과 발에…… 쇠사슬 늘이고
억눌린 뱃전에
스스로 노를 젓던
그 옛날, 흑인의 부르던 노래
어찌하여 우리는 이러한 노래를
다시금 부르는 것이냐.

뵈지 않는 쇠사슬
마음 안에 그늘지는 검은 그림자에도
내 노래의 갈 곳이
막다른 길이라 하면
아, 젊음이여!
헛되인 육체여!
너는 또 보지 아니했느냐.

8월 15일
아니 그보다도 전부터
우리들의 발길이 있은 뒤부터
항거하는 마음은 그저
무거운 쇠줄에 몸부림칠 때
온몸을 피투성이로 이와 싸우던 투사를……

옥에서
공장에서
산속에서
지하실에서 나왔다.
몇천 길을 파고 들어간 땅속 갱도에서도 ──
땅 우로 난 모든 문짝은 뻐개지고
구멍이란 구멍에서 이들은 나왔다
그리고

나와 보면 막상 반가운 얼굴들
함께 자란 우리의 형제 우리의 동무

K가 나왔다
또 하나의 K가 나왔다.
A가 나왔다.
P가 나왔다.
그 속에는 먼 — 남의 나라까지 찾아가 원수들 총부리에,
우리의 총부리를 맞들이댄 동무도 있었다.
그리고, 이들은
전부터 부르는 나즉한302) 노래를
이제는 더욱 소리높여 부를 뿐이다.

---

302) 나직한.

뵈지 않는 쇠사슬 절그럭거리며
막다른 노래를
노래부르는 벗이여!
전에는 앞서가며 피 흘리던 이만이
조용조용 부르던 노래
이제는 모두 합하여
우리도 크게 부른다.
'비겁한 놈은 갈려면 가라'
곳곳에서 우렁차게 들리는 소리
아, 이 노래는
한 사람의 노래가 아니다.
성낸 물결모양 아우성치는 젊은 사람들……
더욱 세찬 이 바람은 귀만을 찌르는 것이 아니라,
애타는 가슴속
불을 지른다.

아 영원과 사랑과 꿈과 생명을 노래하던 벗이여!
너는 불타는 목숨을
그리고
불타면 꺼지는 목숨을 생각한 적이 있느냐
모두 다 앞서가던 선구자의 죽음 위에
스스로의 가슴을 불지르고 따라가는 동무들

우렁찬 우렁찬 노래다.
모두 다 합하여 부르는 이 노래
그렇다.
번연히 앞서보다 더한 쇠줄을
배반하는 무리가 가졌다 하여도
우리들 불타는 억세인 가슴은
젊은이 불을 뿜는 노래는

이런 것을 깨끗이 사뤄버릴[303] 것이다.

우리들의 귀는 한번에 두 가지를 들을 수 없다.
우리들의 마음은 한번에 두 가지를 생각할 수 없다.
벗이여! 점점 가까워온다
얼마나 얼마나 하늘까지 뒤덮는 소리냐
'비겁한 놈은 갈려면 가라'

---

303) 사라져버릴.

# 첫겨울

감나무 상가지
하나 남은 연시를
가마귀가
찍어 가더니
오늘은 된서리가 내렸네
후라딱딱 훠이
무서리가 내렸네

# 첫서리

깊은 산 골짜구니304)에
숯 굽는 연기,
구름과 함께 사라지다
구름과 함께

얕은 집 울안에
장대를 들어 과일 따는 어린애
날마다 사다리 놓고
지붕 위에 올라가더니

홍시 찍어먹는 가마귀, 검은 가마귀
가 소년을 부른다.

---

304) 골짜기의 강원, 경기, 경상, 충청 방언.

무서리 내린 지붕 위에
멀고 먼 하늘이 있다
구름이 있다.

# 체온표(體溫表)

어항 안
게으른 금붕어


나비 같은 넥타이를 달고 있기에
나는 무엇을 하면 옳겠습니까


나래 무거운 회상에 어두운 거리
하나님이시여! 저무는 태양
나는 해바라기 모양 고개 숙이고 병든 위안을 찾아다
니어


고층의 건축이건만
푸른 하늘도 창 옆으로는 가차히 오려 않는데
탁상에 힘없이 손을 나린다.

먹을 수 없는 탱자 열매 가시나무 향내를 코에 대이
며……


주판알을 굴리는 작은 아씨야
너와 나는 비인 지갑과 사무를 바꾸며
오늘도 시들지 않느냐
화병에 한 떨기 붉은 장미와 히야신스305) 너의 청춘
이, 너의 체온이……

---

305) hyacinth. 백합과에 속하는 다년초.

# 초봄의 노래

내가 부르는 노래
어데선가 그대도 듣는다면은
나와 함께 노래하리라.
"아 우리는 얼마나
기다렸는가……" 하고

유리창 밖으론
함박눈이 펑 펑 쏟아지는데
한겨울
나는 아무 데도 못 가고
부질없는 노래만 불러왔구나.

그리움도 맛없어라
사무침도 더디어라

언제인가 언제인가
안타까운 기약조차 버리고

한동안 쉴 수 있는 사랑마저 미루고
저마다 어둠 속에 앞서던 사람

이제 와선 함께 간다.
함께 간다.
어디선가 그대가 헤매인대도
그 길은 나도 헤매이는 길

내가 부르는 노래
어데선가 그대가 듣는다면은

나와 함께 노래하리라.
"아 우리는 얼마나
기다렸는가……" 하고

# 카메라 룸

사진

어렸을 때를 붙들어두었던 나의 거울을 본다. 이놈은
진보가 없다.


불효

이 어린 병아리는 인공부화의 엄마를 가졌다. 그놈은
정직한 불효다.


백합과 벌 BAND "Lily"
벌은 이곳의 조그말 나팔수다.


복수
—흥, 미친 자식!
그놈을 비웃고 나니 그놈의 애비가 내게 하던 말이

생각난다.

이것도 무의식중의 조그만 복수라 할까?


낙파(落葩)

무디인[306] 식칼로 꽃비늘을 훑는 젊은 바람의 식욕,
나는 멀리 낚시질을 그리워한다.


낙엽

아파트의 푸른 신사가 떠난 다음에
산새는 아침 일과인 철 늦은 소다수를 단념하였다.


서낭

---

306) 무딘.

인의예지(仁義禮智)—

당오(當五).

당백(當百).

상평통보(常平通寶).

일전(一錢)—광무 2년—약(略)

이 조그만 고전수집가(古錢蒐集家)는 적도의 토인과 같이 알몸뚱이에 보석을 걸었다.

# 크라스노야르스크307)


두메 아이들
산딸기와 꽃다발 가져오는
조용한 어느 역에서
씨비리 횡단열차는
잠시 쉬인다


차가 닿는 홈 앞
넓은 뜰에는
아담스런 화단이 가꾸어지고
그 앞에는 희디흰 돌비석 두 그루
나란히 서서 있도다


---

307) 러시아 시베리아 중남부, 예니세이강 기슭에 있는 공업 도시. 시베리아 철도
　　의 요충지이고 석탄, 금, 철, 운모(雲母) 따위의 집산지이며 기계, 조선(造船),
　　화학, 제지 따위의 공업이 발달하였다.

이 앞에 다가서는
무심한 발걸음
아 내 금시에
옷깃 여며지나니
－1898 레닌
－1913년 스탈린
씨비리에 유형되실 때
이곳을 지나가시다


거친 들에 해 뜨고
눈벌판에 놀이 붉던 씨비리
막막턴308) 곳아!
오늘은

308) 막막하던.

하늘 높은 공장 굴뚝에 해 솟고
가없는 밭이랑에 해가 지나니

공산주의 새 단계로
돌진하는
찬란한 그대 품에서
이제 내 조국으로 돌아가는
행복한 길에

이 희디흰 두 그루
당신들의 기념비는
내 마음에 잊힐 수 없이
가득히 넘치는 거대한 힘이어라

산과일이며 꽃다발 가져오는

두메 아이들
비석 앞에 말없이 고개 숙이는
이방(異邦) 길손에게 한 아름
꽃뭉치를 내어밀으니

마음속에 타는 불 손에 들은 꽃
들풀의 향기도 온몸에 배이는
씨비리 한적한 역에
내 끝없이 가득한 마음
다시금 다시금
당신들의 비석 앞에 다가서노라

▶▶▶1949.08

# 팔월(八月) 십오일(十五日)의 노래

기폭을 쥐었다.
높이 쳐들은 만인의 손 우[309]에
깃발은 일제히 나부낀다.

'만세!'를 부른다. 목청이 터지도록
지쳐 나서는
군중은 만세를 부른다.

우리는 노래가 없었다.
그래서
이처럼 부르짖는 아우성은
일찍이 끓어오던 우리들 정열이 부르는 소리다.

---

309) 위.

아 손에 손에 깃발들을 날리며
큰길로 모이는 사람아
우리는 보았다.
이곳에 그냥 기쁨에 취하고, 함성에 목메인 겨레를……
그리고
뒤끓는 환희와 깃발의 꽃바다 속에
무수히 따라가는 아동과 근로하는 이들의 행렬을……

춤추는 깃발이여!
나부끼는 마음이여!
이들을 지키라.

너희들은, 자랑스런 너희들 가슴으로

해방이 주는 노래 속에서
또 하나의 검은 쇠사슬이 움직이려 하는 것을……

# 평화(平和)와 은혜에 가득찬 이 땅에

평화(平和)와 은혜에 가득찬 이 땅에
이즘은 별로히
사람들도 오지 않는다
나도 오라지 않어
보잘것없는 살림살이를 꾸리고
이 고장을 떠나가리라.

그리운 백화(白樺)숲이어!
사랑하는 이땅 넓은 들이어!
이처럼 넘쳐나는 모든 것 앞에서
내 마음은 시름에 막혀버린다.

이 평화(平和)로운 세계에서
나의 번뇌는 깊이를 모른다.
이 때문에만 불려진 노래도 헤일 수 없다

아 이 시름 많은 땅 우에 사는 몸으로
숨쉬고 살 수 있는 것만도 얼마나 복된 일이냐.

입마초며,[310] 꽃을 꺾으며, 풀밭을 헤맬 수 있는 것만도
그리고는 또
이곳에 사는 김승[311]들을 어린 동생처럼 어루만져 주며
발길로 차거나, 주먹으로 때리지 않은 것,
이런 것만 갖고도 나는 복되었다고 생각한다.

저, 빽빽한 숲속엔 꽃도 피지는 않았을 것이고
백조(白鳥)의 목아지를 닮은 밀보리 이삭도
바람결에 소곤거리지는 않을 것이다

---

310) 입맞추며.
311) 짐승.

그런 것을 생각하면
이처럼 넘쳐나는312) 모든 것 앞에서
내 마음은 알 수 없는 떨림에 몸을 가눈다.

서리인 안개 속에 금빛으로 빛나는
저 밭두럭313)도
오라지 않아서는 이 땅에서 흔적마저 없어지리라
그런 것을 생각하면
이 땅에서 나와 함께 사는 이들이
나는 한없이 그리워진다.

▶▶▶1915

---

312) 넘쳐나는.
313) 밭두렁의 강원 방언.

# 푸른 열매

부서진 뱃조각이 떠오는 바닷가에는
오늘도 낯선 사람이 말없이 앉아
흘어가는 구름장을 바라다보고

돌비(碑)가 보이는 솔밭 사이론
고요한 무덤에 꽃을 괴이는
고아원 어린아이들
종소리와 함께 깨었다.
종소리와 함께 잠잔다.

아 거기 희디흰 갈매기떼 물거품에 취하여……
열푸른 해심(海心)에 우거지는 곳
오열하는 사람아 나의 젊은아

눈물은 헛되이, 꿈마저 헛되이,
끝없는 조용한 오한 속에서
바삐바삐 흘러가는
물거품이여!

# "프라우다"314)

모스크바의 달이
밝기도 전에
나는 갑니다
지하철의 매점을 찾아

아침 식탁 위에
놓여지는 신문도
기다리기 어려워……

"프라우다여!"
위대한 레닌 스탈린 당의
입이여!

---

314) Pravda(옛 소련 공산당 기관지).

나는 오늘 아침도
무엇보다 당신의 말이 듣고 싶습니다

"프라우다여!"
볼셰비키당의 빛나는 역사
진정한 세계사의
연대지여!

그저께는 당신의
귀한 지면 속에서
우리나라의
'조국전선' '결성' '제의문'
이러한 단자를 읽어왔으니

아마도 오늘쯤은 우리 조국
모든 인민의
찬성하는 환호 소리가
들리겠지요

모스크바의 날이
새기도 전에
나는 갑니다
당신의 말을 들으려
지하철의 매점을 찾아……

▶▶▶1949.06

# 하늘빛 녀인의 자켙

하늘빛 녀인의 자켙315)

그리고 푸른 눈동자

나는 어떠한 진실도 사랑하는 사람에게 말하지 안는

다.316)


사랑하는 사람은 뭇는다.

밖은 눈보라가 치고 있지요

난로를 피우겠어요 당신은 이부자리를 깔어주세요.


나는 사랑하는 사람에게 대답한다

지금 높은 곳에서

누군가가 히디한 꽃송이를 뿌리고 있다

---

315) jacket.
316) 않는다.

너는 난로에 불을 피우라

그리고 자리도 깔어놓아라

아 지금 내 가슴에는 네가 있는 게 아니라 눈보라가
휘모라치고[317] 있다.

▶▶▶1925.12

---

317) 휘몰아치고.

# 한술의 밥을 위하여

## —국치기념일을 당하며

한술의 밥을 위하여 아니 다만 한 모금의 죽을 위하여

다시 고향을 버리고 가는 형제들

허기져 우는 애를 등에 업고

누더기 진 세간마저 없이

이제 되돌아가는 길은

목숨도 재물도 보증할 수 없는 눈보라가 기다리는

전란의 땅

또 그런가 하면

날마다 날마다 조각배에 목숨을 걸고

어제가지

값싼 품팔이로 혹은 징용으로

모진 피를 빨리던

원수의 나라

오 그곳을 찾아가는 형제들

한 끼니의 밥을 아니 다만 한 모금의 죽을 위하여
한시도 잊지를 못하고 찾아온 고향을
다시 버리고 가는 형제야
맑은 가을 하늘이 날마다 계속하는
이곳 남조선에
말도 한마디 못하고 그대들을 보내는 우리의 창사
온 여름을 견디어온 쌀값보다 비싼 강냉이라든가
밀가루에
깨끗이 씻치어졌다


오늘의 치욕을 모르는 무리가
어찌 지난날의 치욕을 말하겠느냐!
자칭하는 지도자여!

나라의 우두머리여!
너 먼저 피를 흘려라
8월 29일 아니 그보다도 코 옆에 있는 8월 15일
아 오늘날 우리는 무엇을 요구하느냐
그리고 너희들은 무엇을 약속하느냐

한술의 밥을 아니 다만 한 모금의 죽을 위하여
형제를 속이고 부모를 파는 이 땅에
우리를 해방하여 주었다는 은혜의 나라에서는
이미 구제에 써버린 삼천오백만 달러!
그 덕에 갖가지 자동차는 분주히 달렸고
값비싼 가솔린은 물 쓰듯 했으나
우리들 시민은 전차조차 타려도 온종일 기다리었다
밥을 굶어도 함마318)는 들어라

밥을 굶어도 심부름은 하여라
그래서 너희들은 무엇을 약속하느냐
그리고 우리는 무엇을 요구하느냐


한 끼니의 밥을 위하여 아니 다만 한 모금의 죽을
위하여 우리가 이제는 온전히 목숨을 내걸고 싸울 때
훈련원 넓은 마당에서는
오늘 이 국치의 기념일을 이용하여
자칭하는 지도자여!
이 나라의 기름진 배때기여!
너희들은 어린 사슴 같고 양 같은 우리의 인민을 돌려
내다가

---

318) hammar.

또 어떠한 일을 저지르려 하느냐
인민의 깨끗한 피를 마구 흘리어
그 피로 좋은 자리를 꿈꾸는 더러운 것들아
아 이 땅에 자칭하는 지도자여!
나라의 우두머리여!
너 먼저 피를 흘려라
너 먼저 그 썩은 피를 흘려라.

# 할렐루야

곡성이 들려온다. 인가에 인가가 모이는 곳에.

날마다 떠오르는 달이 오늘도 다시 떠오고

누──런 구름 쳐다보며

망토 입은 사람이 언덕에 올라 중얼거린다.

날개와 같이
불길한 사족수(四足獸)319)의 날개와 같이
망토는 어둠을 뿌리고

---

319) 네발짐승(발이 넷인 짐승을 통틀어 이르는 말).

모──든 길이 일제히 저승으로 향하여 갈 제
암흑(暗黑)의 수풀이 성문을 열어
보이지 않는 곳에 술빚는 내음새와 잠자는 꽃송이.

다──만 한길 빗나는 개울이 흘러……
망토 위의 목아지는 쫓으며
그저 노래부른다.

저기 한 줄기 외로운 강물이 흘러
깜깜한 속에서 차디찬 배암320)이 흘러…… 사탄이
흘러……
눈이 따갑도록 빨──간 장미가 흘러……

---

320) 뱀.

# 해수(海獸)

## ―사람은 저 빼놓고 모조리 짐승이었다

항구야
계집아
너는 비애를 무역하도다.

모――진 비바람이 바다ㅅ물에 설레이던 날
나는 화물선에 엎디어 구토를 했다.

배ㅅ전에 찌풋――이 안개 끼는 밤
몸부림치도록 가깝하게 날은 궂은데
속눈썹에 이슬을 적시어가며

항구여!
검은 날씨여!
내가 다시 상륙하던 날

나는 거리의 골목 벽돌담에 오줌을 깔겨보았다.

컴컴한 뒤ㅅ골목에 푸른 등불들,
붕 ──
붕 ──
자물쇠를 채지 않는 도어 안으로, 부화(浮華)한 웃음
과 비어의 누런 거품이 북어오른다.

야윈 청년들은 담수어처럼
힘없이 힘없이 광란된 JAZZ에 헤엄쳐 가고
빨──간 손톱을 날카로이 숨겨두는 손,
코카인과 한숨을 즐기어 상습하는 썩은 살덩이

나는 보았다.

항구,

항구.

들레이면서

수박씨를 까바수는 병든 계집을 ——

바나나를 잘라내는 유곽(遊廓) 계집을 ——


49도, 독한 주정(酒精)에 불을 달구어

불타오르는 술잔을 연거푸 기울이도다.

보라!

질척한 내장이, 부식한 내장이, 타오르는 강한 고통을,

펄펄펄 뛰어라! 나도 어릴 때에는

입가생이에 뾰롯——한 수염터 모양, 제법 자라나는

양심을

지니었었다.

발레제(製)의 무디인 칼날, 얼굴이 뜨거웠다.
면도를 했다.
극히 어렸던 시절

항구여!
눈물이여!
나는 종시 비애와 분노 속을 항해했도다.

계집아, 술을 따라라.
잔잔이 가득 부어라!
자조와 절망의 구덩이에 내 몸이 몹시 흔들릴 때
나는 구토를 했다.
삼면기사(三面記事)를,

각혈과 함께 비린내나는 병든 기억을……


어둠의 가로수여!

바다의 방향,

오 한없이 흉측맞은 구렁이의 살결과 같이

늠실거리는 검은 바다여!

미지의 세계,

미지로의 동경,

나는 그처럼 물 위로 떠다니어도 바다와 동화치는 못

하여왔다.


가옥 안 짐승 오직 사람뿐

나도 그처럼 완고하도다.

쇠창살을 붙잡고 우는 계집아!

바다가 보이는 저쪽 상정(上頂)엔 외인(外人)의 묘지

가 있고,

하──얀 비둘기가 모이를 쪼웃고,

장난감만하게 보이는 기선은 퐁퐁 품는 연기를 작별

인사처럼 피어 주도다.


항구여!

눈물이여!


절망의 흐름은 어둠을 따라 땅 아래 넘쳐흐르고,

바람이 끈적끈적한 요기(妖氣)의 저녁,

너는 바다 변두리를 돌아가 보라.

오 ── 이럴 때이면 이빨이 무딘 찔레나무도

아스러지게 나를 찍어 누르려 하지 않더냐!

이년의 계집,
오색(五色),
칠색(七色),
영사관 꼭대기에 때묻은 기폭은
그 집 굴뚝이 그래 논 게다.
지금도 절름발이 노서아의 귀족이 너를 찾지 않더냐.

등대 가차이 매립지에는
아직도 묻히지 않은 바닷물이 웅성거린다.
오 ─ 매립지는 사문장
동무들의 뼈다귀로 묻히어왔다.

어두운 밤, 소란스런 물결을 따라
그렇게 검은 바다 위로는
쑤구루루…… 쑤구루루……
부어오른 시신(屍身), 눈자위가 헤멀건[321] 인부들이
떠올라온다.

항구야,
환각의 도시, 불결한 하수구에 병든 거리여!
얼마간의 돈푼을 넣을 수 있는 죄그만 지갑,
유독 식물과 같은 매음녀는
나의 소매에 달리어 있다.

---

[321] 희멀건. 희멀겋다: 희고 멀겋다.

그년은, 마음까지 나의 마음까지 핥아 놓아서

이유 없이 웃는다. 나는

도박과

싸움,

흐르는 코피!

나의 등가죽으로는 뱃가죽으로는

자폭한 보헤미안의 고집이 시르죽은 빈대화 같이 쑬

쑬 쑬

기어다닌다.


보라!

어두운 해면에 어른거리는 검은 그림자,

짐승과 같이 추악한 모습

항시 위협을 주는 무거운 불안

그렇다! 오밤중에는 날으는 갈매기도 가마귀처럼 불
길하도다.


나리는 안개여!
설움의 항구,


세관의 창고 옆으로 달음박질하는 중년 사나이의
쿨——렁한 가방
방파제에는 수평선을 넘어온
해조음(海潮音)이 씨근거리고
바다도, 육지도, 한치의 영역에 이를 응얼거린다.


항구여!
눈물이여!

나는

못 쓰는 주권(株券)[322]을 갈매기처럼 바다ㅅ가에 날
려 보냈다.

뚱뚱한 계집은 부——연 배때기를 헐떡거리고

나는 무겁다.


웅대하게 밀리쳐 오는 오 —— 바다,

호수의 쏠려옴을 고대하는 병든 거의들!

습진과 최악의 꽃이 성화(盛華)하는 항시(港市)의 하
수구,

더러운 수채의 검은 등때기,

급기야

---

322) 주식의 증권.

밀물이 머리맡에 쏠리어올 때
톡 불거진 두 눈깔을 휘번덕이며
너는 무서웠느냐?
더러운 구뎅이,323) 어두운 굴 속에 두 가위를 트리어
박고

뉘우치느냐?
게거품을 북적거리며
쏠려가는 조수를 부러히 보고
불평하느냐?
더러운 게거품을 북적거리며……

___

323) 구덩이.

음협(陰狹)한 씨내기, 사탄의 낙륜(落倫),

너의 더러운 껍데기는

일찍

바다ㅅ가에 소꿉노는 어린애들도 주어가지는 아니하

였다.

# 해항도(海港圖)

폐선처럼 기울어진 고물상옥(古物商屋)에서는 늙은 선원이 추억을 매매하였다. 우중중―한 가로수와 목이 굵은 당견(唐犬)이 있는 충충한 해항(海港)의 거리는 지저분한 크레용의 그림처럼, 끝이 무디고. 시꺼먼 바다에는 여러 바다를 거쳐온 화물선이 정박하였다.

값싼 반지요 골통같이 굵다란 파이프. 바다 바람을 쏘여 얼굴이 검푸러진 늙은 선원은 곧―잘 뱀을 놀린다. 한참 싸울 때에는 저파이프로도 무기를 삼아왔다. 그러게 모자를 쓰지 않는 항시(港市)의 청년은 늙은 선원을 요지경처럼 싸고 두른다.

나폴리(Naples)와 아든(Aden)과 싱가포르(Singapore). 늙은 선원은 항해표와 같은 기억을 더듬어본다. 해항의 가지가지 백색, 청색 작은 신호와, 영사관, 조계(租界)의 각가지 깃발을. 그리고 제 나라 말보다는 남의 나라 말에 능통하는 세관의 젊은 관사를. 바람에 날리는 흰 깃발처럼 Naples. Aden. Singapore. 그 항구 그 바의 계집은 이름조차 잊어버렸다.

망명한 귀족에 어울려 풍성한 도박. 컴컴한 골목 뒤에선 눈자위가 시퍼런 청인(淸人)이 괴춤을 훔칫거리며[324] 길 밖으로 달리어간다. 홍등녀(紅燈女)의 교소(嬌笑), 간들어지기야. 생명수! 생명수! 과연 너는 아편을 가졌다. 항시의 청년들은 연기를 한숨처럼 품으며 억세인[325] 손을 들어 타락을 스스로히 술처럼 마신다.

---

324) 흠칫거리다: 몸을 움츠리며 갑작스럽게 자꾸 놀라다.
325) 억센.

영양(榮養)이 생선가시처럼 달갑지 않는 해항의 밤이다. 늙은이야! 너도 수부(水夫)이냐? 나도 선원이다. 자 — 한 잔, 한 잔, 배에 있으면 육지가 그립고, 물에선 바다가 그립다. 몹시도 컴컴하고 질척거리는 해항의 밤이다. 점점 깊은 숲속에 올빼미의 눈처럼 광채가 생(生)하여 온다.

# 향수(鄕愁)


어머니는 무슨 필요가 있기에 나를 만든 것이냐! 나는 이항(異港)에 살고 어메[326])는 고향에 있어 얕은 키를 더욱더 꼬부려가며 무수한 세월들을 흰 머리 칼처럼 날려 보내며, 오 — 어메는 무슨, 죽을 때까지 윤락(淪落)[327])된 자식의 공명을 기다리는 것이냐. 충충한 세관의 창고를 기어 달으며, 오늘도 나는 부두를 찾아나와 '쑤왈쑤왈' 지껄이는 이국 소년의 회화를 들으며, 한나절 나는 향수에 부대끼었다.

어메야! 온 — 세상 그 많은 물건 중에서 단지 하나밖에 없는 나의 어메! 지금의 내가 있는 곳은 광동인(廣東人)이 싣고 다니는 충충한 밀항선. 검고 비린 바다 위에

---

326) 어머니.
327) 1. 세력이나 살림이 보잘것없어져 다른 고장으로 떠돌아다님. 2. 여자가 타락하여 몸을 파는 처지에 빠짐.

휘이 – 한 각등(角燈)328)이 비치는 때면, 나는 함부로 술과 싸움과 도박을 하다가 어메가 그리워 어둑어둑한 부두로 나오기도 하였다. 어메여! 아는가 어두운 밤에 부두를 헤매이는 사람을. 암말도 않고 고향, 고향을 그리우는 사람들. 마음속에는 모 – 두 깊은 상처를 숨겨가지고…… 띄엄, 띄엄이, 헤어져 있는 사람들. 암말도 않고 검은 그림자만 거니는 사람아! 서 있는 사람아! 늬가 옛땅을 그리워하는 것도, 내가 어메를 못 잊는 것도, 다 — 마찬가지 제 몸이 외로우니까 그런 것이 아니겠느냐.

어메야! 오륙년이 넘도록 일자소식이 없는 이 불효한

---

328) 손에 들고 다니는 네모진 등(燈).

자식의 편지를, 너는 무슨 손꼽아 기다리는 것이냐. 나는 틈틈이 생각해본다. 너의 눈물은 너의 눈물을…… 오 ― 어메는 무엇이었느냐! 몇 차례나 나의 불평과 결심을 죽여버렸고, 우는 듯, 웃는 듯, 나타나는 너의 환상에 나는 지금까지도 서른 마음을 끊이지는 못하여 왔다. 편지라는 서로이 서러움을 하소하는 풍습이려니, 어메는 행방도 모르는 자식의 재(在)를 믿음이 좋다.

# 헌사(獻詞) Artemis[329]

마귀야 땅에 끌리는 네 검은 옷자락으로 나를 데려가
거라
늙어지는 밤이 더욱 다가들어
철책 안 짐승이 운다.


나의 슬픈 노래는 누굴 위하여 불러왔느냐
하염없는 눈물은 누굴 위하여 흘려왔느냐


오늘도 말탄 근위병의 발굽소리는
성 밖으로 달려갔다.


나도 어디쯤 죄그만 카페 안에서
자랑과 유전(遺傳)이 든 지갑 마구리를 헤치고

---

329) 아르테미스: 달과 사냥의 여신. 로마신화의 Diana에 해당.

만나는 청년마다 입을 맞추리

충충한 구름다리 썩은 은기둥에 기대어 서서
기이한 손님아 기다리느냐
붉은집 벽돌담으로 달이 떠온다.

저 멀리에서 또 이 기차이서도
나의 오장(五腸)에서도 개울물이 흐르는 소리
스틱스의 지류인가 야기(夜氣)에 번적거리어
이 밤도 또한 이 밤도 슬픈 노래는 이슬비와 눈물에
적시었노니
청춘이여! 지거라
자랑이여! 가거라
쓸쓸한 너의 고향에……

# 호수(湖水)

호수에는 사색(四色) 가지의 물고기들이 살기도 한다.

차디찬 슬픔이 생겨나오는 말간 새암330)

푸른 사슴이 적시고 간 입 자국이 남기어 있다.

멀리 산간에서는

시냇물들이 바위에 부딪치는 소리가 들리어오고

어둑한 숲길은 고대의 창연한 그늘이 잠겨 있어

나어린 구름들이 한나절 호숫가에 노닐다 간다.

저물기 쉬운 하룻날은

풀뿌리와 징게미331)의 물내음새를 풍기우며 거무른

황혼 속에 잠기어버리고

　내 마음, 좁은 영토 안에

---

330) 샘.

331) '지게미'의 충남 방언. 민물새우의 사투리로 징게라고도 한다. 가재와 비슷하
　　게 생겼으며 집게발가락이 가재보다 작다.

나는 어스름 거무러지는 추억을 더듬어보노라.

오호 저녁바람은 가슴에 차다.

어두운 장벽(臟壁) 속에는 지저분하게 그어논[332] 소년기의 낙서가 있고,

큐피드의 화살 맞았던 검은 심장은 찢어진 대로 것날리었다.

가는 비와 오는 바람에

흐르는 구름들이여!

너는 어느 곳에 어제날을 만나보리오

야윈 그림자를 연못에 적시며 낡은 눈물을 어제와 같이 흘려보기에

너는 하많은[333] 청춘의 날을 가랑잎처럼 날려보내었

---

332) 그어놓은.
333) 매우 많은.

나니

　오—

　나는 싸느랗게 언 체온기를 겨드랑 속에 지니었도다.

# 화원(花園)

꽃밭은 번창하였다. 날로날로 거미집들은 술막처럼 번지었다. 꽃밭을 허황하게 만드는 문명. 거미줄을 새어 나가는 향그러운 바람결. 바람결은 머리카락처럼 간지러워…… 부끄럼을 갓 배운 시악시[334]는 젖통이가 능금처럼 익는다. 줄기째 긁어먹는 뭉툭한 버러지. 유행치마 가음처럼 어른거리는 나비나래. 가벼이 꽃포기 속에 묻히는 참벌이. 참벌이들. 닝닝거리는 울음. 꽃밭에서는 끊일 사이 없는 교통사고가 생기어났다.

---

334) 색시.

# 황무지(荒蕪地)

## 1

황무지에는 거칠은 풀잎이 함부로 엉클어졌다.

번지면 손꾸락335)도 베인다는 풀,

그러나 이 땅에도

한때는 썩은 과일을 찾는 개미떼같이

촌민과 노라리336)꾼이 북적거렸다.

끊어진 산허리에,

금돌이 나고

끝없는 노름에 밤별이 해이고

논우멕이 도야지 수없는 도야지

---

335) 손가락.
336) 건달처럼 건들건들 놀며 세월만 허비하는 짓. 또는 그런 사람을 속되게
      이르는 말.

인간들은 인간들은 웃었다 함부로

웃었다

웃었다!

웃는 것은 우는 것이다

사람 쳐놓고 원통치 않은 놈이 어디 있느냐!

폐광이다

황무지 우거진 풀이여!

문명이 기후조(氣候鳥)와 같이 이곳을 들러간 다음

너는 다시 원시(原始)의 면모를 돌이키었고

엉클은 풀 우거진 속에 이름조차 감추어가며……

벌레 먹은 낙엽같이 동구(洞口)에서 멀리하였다

## 2

저렇게 싸느란 달이 지구에 매어달려
몇 바퀴를 몇 바퀴를 몇 바퀴……를 한없이 돌아나는
동안
세월이여!
너는 우리게서 원시의 꿈도 걷어들였다
죽어진 나의 동무는 어디 있느냐!
매운 채찍은 공간에 울고
슬픔을 가리운 포장 밖으로 시꺼멓게 번지는 도화역
(道化投)의 크단 그림자
유리 안경알에 밤안개는 저윽이 서리고
항상
꿈이면 보여주던 동무의 나라도

이제 오래인 세월에 퇴색하여

나는 꿈속 어느 구석에서도 선명한 색채를 보지는 못

하였다

우거진 문명이여?

엉클은

풀

너는 우리게 무엇을 알려주었나


3


광부의 피와 살점이 말라붙은 헐은 도록꼬

폐역(廢驛)에는 달이 떴다

텅 비인 교회당 다 삭은 생철 지붕에

십자가그림자

비

  뚜

    로

누이고

양(洋) 당인(唐人). 광산가의 아버지. 성당의 목사도

기업과

술집과 여막(旅幕)을 따라 떠돌아가고

궤도의 무수한 침목

끝없는 레일이 끝없이 흐르고 휘이고

썩은 버섯 질긴 비듬풀!

녹슨 궤도에 엉클어졌다

해설피337) 장마철엔

번갯불이

쌍 –

쌍 – 하늘과 구름을 갈라

다이너마이트 폭발에

산맥도 광부도 경기(景氣)도 웃음도 깨어진 다음

비인 대합실 문앞에는 석탄 쪼가리

싸느란 달밤에

잉, 잉,

잉, 돌덩이가 울고

무인경(無人境)에

달빛 가득 실은 헐은 도록꼬가 스스로이 구른다

부엉아! 너의 우는 곳은 어느 곳이냐

어지러운 회리바람을 따라

---

337) (순우리말) 해가 질 때 빛이 약해진 모양. 해+설핏(하다). 설핏하다는 해가
  져서 밝은 빛이 약하다.

불길한 뭇 새들아 너희들의 날개가 어둠을 뿌리고 가
는 곳은 어느 곳이냐

# 황혼

직업소개에는 실업자들이 일터와 같이 출근하였다. 아무 일도 안하면 일할 때보다는 야위어진다. 검푸른 황혼은 언덕 아래로 깔리어오고 가로수와 절망과 같은 나의 기-ㄴ 그림자는 군집(群集)의 대하(大河)에 짓밟히었다.

바보와 같이 거물어지는 하늘을 보며 나는 나의 키보다 얕은 가로수에 기대어 섰다. 병든 나에게도 고향은 있다. 근육이 풀릴 때 향수는 실마리처럼 풀려나온다. 나는 젊음의 자랑과 희망을, 나의 무거운 절망의 그림자와 함께, 뭇사람의 웃음과 발길에 채이고 밟히며 스미어오는 황혼에 맡겨버린다.

제 집을 향하는 많은 군중들은 시끄러이 떠들며, 부산—

히 어둠 속으로 흩어져버리고. 나는 공복의 가는 눈을 떠, 희미한 노등(路燈)[338]을 본다. 띄엄 띄엄 서 있는 포도 위에 잎새 없는 가로수도 나와 같이 공허하고나.

고향이여! 황혼의 저자에서 나는 아리따운 너의 기억을 찾아 나의 마음을 전서구(傳書鳩)[339]와 같이 날려보낸다. 정든 고샅. 썩은 울타리. 늙은 아베의 하-얀 상투에는 몇 나절의 때묻은 회상이 맺혀 있는가. 우거진 송림 속으로 곱게 보이는 고향이여! 병든 학이었다. 너는 날마다 야위어가는……

---

338) 길거리에 설치한 등.
339) 편지를 보내는 데 쓸 수 있게 훈련된 비둘기. 비둘기가 제 집을 잘 찾아오는 성질을 이용하여 교통이 불편한 지역의 통신이나 군사적인 목적으로 사용하였으나 지금은 경주용으로만 쓴다.

어디를 가도 사람보다 일 잘하는 기계는 나날이 늘어나가고, 나는 병든 사나이. 야윈 손을 들어 오랫동안 타태(隋怠)와, 무기력을 극진히 어루만졌다. 어두워지는 황혼 속에서, 아무도 보는 이 없는, 보이지 않는 황혼 속에서, 나는 힘없는 분노와 절망을 묻어버린다.

# FINALE

경이(驚異)는 아름다웠다. 모두가 다스한 숨결. 비둘기 되어 날아가누나. 하늘과 바다. 자랑스런 슬픔도 고운 슬픔도. 다─삭은 이정표. 이제는 무수한 비둘기 되어.

그대 섰는 발밑에. 넓고 설운 강물은 흘러가느니······ 사화산이여! 아 이 땅에 다다른 왼 처음의 산맥. 내 슬픔이 임종하노라. 내 보람 임종하노라. 내 먼저 눈을 다 가린다. 나의 피앙세.

영영 숨을 모으는 그의 머리맡에서 내 먼저 눈을 가린다. 즐거이 부르던 네 노래 부를 수 없고. 고운 얼굴 가리울 희디흰 장미 한 가지 손 앞에 없어······

자욱한 안개. 지줄지줄 지줄거리는340) 하늘 밑에서.

학처럼 떠난다. 외롬에 하잔히 적시운 희고 쓸쓸한 날개를 펴, 말없이 카오스에서 떠나가는 학.

두 줄기 흐르는 눈물 어찌다 스며드느냐. 한철 뗏목은 넓고 설운 강물에 흘러나리어 위태로운 기슭마다. 차고 깨끗한 이마에 한 줄기 고운 피 흘리며. 떠나는 님을 보내며. 두 줄기. 스미는 눈물. 어찌라 어찌라 나 홀로 고향에 머물러 옷깃을 적시나니까.

---

340) 낮은 목소리로 자꾸 지껄이다.

# The Last Train[341]

저무는 역두(驛頭)에서 너를 보냈다.
비애(悲哀)야!

개찰구에는
못쓰는 차표와 함께 찍힌 청춘의 조각이 흩어져 있고
병든 역사(歷史)가 화물차에 실리어 간다.

대합실에 남은 사람은
아직도
누굴 기다려

나는 이곳에서 카인을 만나면

---

341) 마지막 열차(막차).

목놓아 울리라.

거북이여! 느릿느릿 추억을 싣고 가거라
슬픔으로 통하는 모든 노선이
너의 등에는 지도처럼 펼쳐 있다.

# ГИ[342]МН

한때, 우리는 해방이 되었다 하였고 또 온 줄로 알았다.
그러나
사나운 날세[343]에
조급한 사나이는
다시금,
뵈지 않는 쇠사슬 절그럭거리며
막다른 노래를 부르는구나

아 울음이여! 울음이여!
신음 속에 길러오던
너의 성품이,
넘쳐나는 기쁨에도 샘솟는 것을

---

342) 병사.
343) '날씨'의 평남, 함경 방언.

아주 가차운 이마적
우리는 새날을 통하여 배우지 아니했느냐.


젊은이여! 벗이여!
손과 발에…… 쇠사슬 늘이고
억눌린 뱃전에
스사로 노를 젓던
그 옛날, 흑인의 부르던 노래
어찌하여 우리는 이러한 노래를
다시금 부르는 것이냐.


뵈지 않는 쇠사슬
마음 안에 그늘지는 검은 그림자에도
내 노래의 갈 곳이

막다른 길이라 하면
아 젊음이여!
헛되인 육체여!
너는 또 보지 아니했느냐.
8월 15일
아니 그보다도 전부터
우리들의 발길이 있은 뒤부터
항거하는 마음은 그저
무거운 쇠줄에 몸부림칠 때
온몸을 피투성이로 이와 싸우던 투사들……

옥에서
공장에서
산속에서

지하실에서 나왔다.

몇천 길을 파고 들어간 땅속 갱도에서도—

땅 위로 난 모든 문짝은 뻐개지고

구녕344)이란 구녕에서 이들은 나왔다.

그리고

나와 보면 막상 반가운 얼굴들

함께 자란 우리의 형제 우리의 동무

K가 나왔다.

또 하나의 K가 나왔다.

A가 나왔다.

P가 나왔다.

---

344) 구멍.

그 속에는 먼 남의 나라까지 찾아가 원수들 총부리에,
우리의 총부리를 맞들이댄 동무도 있었다.
그리고, 이들은
전부터 부르는 나직한 노래를
이제는 더욱 소리 높여 부를 뿐이다.

뵈지 않는 쇠사슬 절그럭거리며
막다른 노래를
노래 부르는 벗이여!
전에는 앞서 가며 피 흘리던 이만이
조용조용 부르던 노래
이제는 모두 합하여
우리도 크게 부른다.
"비겁한 놈은 가려면 가라:

곳곳에서 우렁차게 들리는 소리
아, 이 노래는
한 사람의 노래가 아니다.
성낸 물결 모양 아우성치는 젊은 사람들—
더욱 세찬 이 바람은 귀만을 찌르는 게 아니라,
애타는 가슴속
불을 지른다.

아 영원한 사랑과 꿈과 생명을 노래하던 벗이여!
너는 불타는 목숨을
그리고
불타면 꺼지는 목숨을 생각한 적이 있느냐
모두 다 앞서 가던 선구자의 죽음 위에

스스로의 가슴을 불지르고 따라가는 동무들

우렁찬 우렁찬 노래다.
모두 다 합하여 부르는 이 노래
그렇다.
번연히 앞서보다 더한 쇠줄을
배반하는 무리가 가졌다 하여도
우리들 불타는 억세인 가슴은
젊은이 불을 뿜는 노래는
이런 것을 깨끗이 사뤄버릴345) 것이다.

우리들의 귀는 한 번에 두 가지를 들을 수 없다.

---

345) 사라져버릴.

우리들의 마음은 한 번에 두 가지를 생각할 수 없다.

벗이여! 점점 가차워온다

얼마나 얼마나 하늘까지 뒤덮은 소리냐

"비겁한 놈은 가려면 가라"

▶▶▶1945.12.02

## 지은이

# 오장환

(吳章煥, 1918.05.05~1951)

시인이자 독립운동가.

1918년 5월 15일 충북 보은에서 태어남

1930년 안성보통학교 졸업

1930년 휘문고등보통학교 입학[346]

1933년 조선문학에 「목욕간」 발표하여 작품 활동 시작

1934년 「성씨보」(조선일보) 발표

1936년 낭만, 시인부락[347] 동인으로 참여

1937년 자오선 동인으로 참여

1937년 평론 「백석론」 발표

1937년 시집 『성벽』(풍림사) 간행

1939년 시집 『헌사』 간행

---

[346] 정지용에게 사사를 받으며 교지에 시를 발표.
[347] 서정주, 김동리, 여상현, 함형수 등과 함께 시인부락 참여.

1940년 「신생의 노래」(『인문평론』) 발표

1945년 8.15광복 후 조선문학가동맹에 가담(임화, 김남천 등과 함께), 문학 대중화운동위원회 위원으로 활동

1946년 5월 번역시집 『에세닌 시집(詩集)』(動向社) 간행

1946년 7월 『병든 서울』 간행

1947년 『나 사는 곳』 간행

1948년 평론 「자아의 형벌」 발표

1948년 2월 월북348)

1950년 『붉은기』(소련기행시집) 출간349)

1951년 북으로 돌아간 후 사망

---

348) 이태준, 임화 등과 함께 월북한다.
349) 한국전쟁 때 서울에 있는 김광균을 찾아와 자신이 북에서 낸 시집 『붉은기』
    (소련기행시집)를 보여주었다고 한다.

# 분단의 아픔에 잊혀졌던 천재시인 오장환
## : 1950년 『붉은기』 발행

북으로 월북한 오장환. 남한에서 월북한 남로당계 인사들과 가깝다는 이유로 주요 감시 대상 인물로 분류되어 활동에 많은 제약을 받았다. 그러던 중 신장병을 앓게 되어 치료를 목적으로 소련(현 러시아) 모스크바에 머무르면서 많은 시들을 창작하게 된다. 1950년 당시 소련의 모습을 그려낸 시집이 『붉은기』(소련기행시집, 1950년 5월 발행)이다. 그로부터 한 달 뒤 6.25 한국전쟁이 발발했으며, 오장환은 친구인 김광균 시인을 찾아가 이 시집을 전해주며 당시 고달팠던 삶에 대해 털어놓았다고 한다. 이 시집은 최근 미국 워싱턴 국립문서보관소에서 발견되었다.

**큰글한국문학선집: 오장환 시선집**

# 붉은기

© 글로벌콘텐츠, 2018

**1판 1쇄 인쇄**__2018년 09월 30일
**1판 1쇄 발행**__2018년 10월 10일

**지은이**__오장환
**엮은이**__글로벌콘텐츠 편집부
**펴낸이**__홍정표

**펴낸곳**__글로벌콘텐츠
　　　　등　록__제25100-2008-24호
　　　　이메일__edit@gcbook.co.kr

**공급처**__(주)글로벌콘텐츠출판그룹
　　　　이사__양정섭　　기획·마케팅__노경민　　편집디자인__김미미
　　　　주소__서울특별시 강동구 풍성로 87-6(성내동) 글로벌콘텐츠
　　　　전화__02-488-3280　　팩스__02-488-3281
　　　　홈페이지__www.gcbook.co.kr

**값** 45,000원

ISBN 979-11-5852-219-3 03810